À flor da pele

LARANJA ● ORIGINAL

À flor da pele

1ª Edição, 2020 · São Paulo

Krishnamurti
Góes dos Anjos

Sumário

- 7   Notícias de um mundo em decomposição
- 15   Highly Important! Revolution in Brazil!
- 49   O corpo de Cristo
- 63   Dois velhos... ou quase velhos
- 73   O casamento
- 81   À flor da pele
- 95   Enfermaria do Hospital Geral
- 111   Efeito Borboleta
- 117   Samírah e a Noite dos Longos Punhais
- 173   O mundo não é para amadores

Notícias de um mundo em decomposição

Prefácio por
Ronaldo Cagiano

> CORMAC MCCARTHY, *Meridiano de sangue*

Nas oito histórias que enfeixam *À flor da pele*, Krishnamurti Góes dos Anjos percorre distintos territórios — do histórico ao psicológico, do político ao afetivo, do geográfico ao ético – para falar de passivos que dizem respeito à relação do ser com seu mundo, seu tempo, suas dores e delícias. Um caleidoscópio de situações, dramas, dilemas e enfrentamentos pessoais e coletivos que nunca saem da ordem do dia porque inerentes à condição humana desde seus primórdios.

O conto que abre o livro flerta com nossas contingências históricas, relaciona-se com os confrontos e diatribes que estão no cerne de nossa própria identidade ou na genética da construção de nossos valores como Estado, nação e território. No Recife de 1817, o autor mergulha nas mazelas do poder político para dissecar as idiossincrasias de um sistema viciado desde as origens, quando está em jogo a luta por uma utópica independência pernambucana. Ali vamos encontrar o gérmen ancestral do engodo e dos condicionamentos que, sub-repticiamente, vão compor o cenário de profundas distorções na formação da cultura política de um povo e nos arranjos de bastidores que acabam por interferir na soberania e no próprio legado da administração, quando os interesses subalternos elidem a democracia, a autonomia, a liberdade e o ritmo econômico e de decisões, pois a revolução pretendida nunca é evolução esperada, tudo sobrenada nas ondas suspeitas das negociatas. Nada difere das práticas e dos remates contemporâneos, em que os esquemas vigentes se valem de outras "sutilezas" para impor o guante da opressão do mais forte.

Em *O corpo de Cristo* desnuda-se a hipocrisia e o pseudomoralismo na pele de uma personagem que reaviva seus passos num périplo de consciência entre o profano e o sagrado, discando os dilemas da trajetória pessoal permeada de contágios e que se quer ressignificada por uma religiosidade a fórceps. Nesse jogo entre luz e trevas o que aclara são as dicotomias do próprio ser no embate íntimo com seus fantasmas e obsessões que, por meio de uma fé autopunitiva, tenta exorcizar suas contradições e negar seus impulsos, mas que, ao fim e ao cabo é a revelação da impotência diante das forças avassaladoras da própria natureza. Algo tão comum a esses nossos dias repletos de hipnose e anestesias evangélicas, que camuflam assédios e outras emulações do instinto, eis um registro cabal e desmobilizador do falso puritanismo que assola fiéis e depõe contra a falsa pregação dos maniqueístas de plantão.

De *Dois velhos... ou quase velhos* permeia-se o mundo das relações nesse tempo de superficialidades, interesses e encontros fortuitos, quando o tempo cronológico e o tempo afetivo se antagonizam e acabam por deflagrar o sentimento do descarte físico, do desastre emocional, da insularidade e do desconforto diante da iminente corrosão. Aqui, o desejo se resume a uma expressão incompatível, na qual o indivíduo é vencido pela tirania do tempo e do desmoronamento da carne; ainda que o espírito vivifique a necessidade de se pleitear o amor, o desconsolo do conflito etário acaba por empanar os sonhos, e aquele homem ali, rejeitado, sentindo-se "sozinho com aquele chumbo" no coração, busca "a lanterna dos afogados" para salvar-se do naufrágio de tão dura mágoa causando-lhe fratura em seus brios.

O casamento é o retrato das conveniências desse universo socialmente burguês em que deambula o homem, o tempo das aparências e o séquito das oportunidades. Onde a realidade e a fantasia, em lúdico consórcio, redundam no fermento de algo insondável no espírito *fashion* de cúmplices e testemunhas do inusitado. Noutro diapasão, em *À flor da pele*, que dá título ao livro, uma neta defronta-se com a dor de uma avó padecendo na UTI ao mesmo tempo que se depara com um universo paralelo e assintomático, diante do indizível oferecido pelo mundo virtual, ao vislumbrar num canal de YouTube um extraordinário campo de dados e informações científicas. Tal situação provoca-lhe "um vazio estranho por dentro de enloquecer", enquanto a vida que se exauria no leito de hospital lhe alardeava profundo questionamento sobre nossa mísera condição existencial e a transitoriedade das coisas. Eis um texto escrutinador, que especula sobre destinos, sobre nossa impotência e a exiguidade de soluções, imersos, inertes e inermes nessa galáxia inexaurível, na qual "a vida por vezes mete num mesmo recipiente fluidos diferentes", coloca-nos cara a cara com o escalonamento de valores, nessa época de tanta coisificação e etiquetas, em que o império do "ter" sobrepõe-se à necessidade do "ser".

Para Krishnamurti, habilidoso no mapeamento de nossos percursos e percalços, nada escapa ao seu percuciente olhar. Sua narrativa poderosa e cirúrgica faz incisões nos diversos contextos que modulam o tecido de nossa existência. Vamos encontrar em seus contos recortes de uma realidade violenta gerada no coração do que é real e indefectível ou nos abismos entre as classes, como em *Efeito borboleta*; de situações que emergem de um mundo apequenado pelas tragédias, aviltado pelas guerras, subalternizado por certa e acachapante (des)ordem mundial, pelos fracassos políticos, pelas crises mundiais vassaladoras. Diante da escandalosa e criminosa inércia dos governos e regimes, ou da incúria e do caos no atendimento na saúde pública, o autor vai deslindando o inferno nosso de cada dia, como se colhe em *Enfermaria do Hospital Geral*. Ou na denúncia da indolência, da inércia e da incapacidade diplomáticas que não conseguem deter o avanço dos *apartheids* políticos, econômicos, raciais, religiosos etc., desaguando numa era de assunção do fascismo, da barbárie, dos preconceitos, do fundamentalismo religioso e do conservadorismo medievalizante. Dessas instâncias explodem perseguições, cismas e diásporas, culminando no total vilipêndio da humanidade, impondo seus novos holocaustos, a exemplo do drama dos imigrantes e refugiados, da violência de gênero e de outros abusos, situações explicitadas com inegável precisão e contundência no pungente relato de *Samírah e a noite dos longos punhais*.

Em seu livro *A ridícula ideia de não voltar a ver-te*, Rosa Montero assevera: "Creio que é evidente que não há boa ficção que não aspire à universalidade, a tentar entender o que é ser humano". Nessa linha se insere a escritura visceral de Krishnamurti Góes dos Anjos, escritor e crítico, com variada incursão pelos jornais, revistas e plataformas literárias, nos quais vem desenvolvendo acurado e perplexo espírito reflexivo não apenas sobre literatura, mas sobre esse mundo de horror e distopias, espelhado nas obras sob seu lúcido e agudo crivo. Estamos diante de um autor sintonizado com temáticas e emergências que nos afetam (e afrontam), com os fossos que atormentam e escravizam o homem e a civilização contemporâneos: em seus contos há o multifacetado e dolorido noticiário das angústias e ruínas de nosso tempo, que vem inquirir sem dourar a pílula. Histórias de pertinência e atualidade que nos deixam com os nervos à flor da pele, pois nos inquietam e comovem pelas circunstâncias e pelos absurdos que enunciam, pela pluralidade e universalidade que refletem. E, sobretudo, pela evidência escatológica e pela leitura que o autor faz de uma paisagem de desassossego, feridas e encruzilhadas cruciais de certa (e conspurcada) modernidade, no que alberga sua dimensão humana, pois o que é revelado é aquilo que percorre os séculos e as culturas, o que sempre nos angustia e nos faz pensar sobre nosso lugar e nosso destino e também os da própria literatura nesse ambiente cada vez mais inóspito em que vivemos — e como relembra Rilke: "a vida é mais pesada que o peso de todas as coisas".

Lisboa, outono de 2019

Highly Important! Revolution in Brazil! *

* Importantíssimo! Revolução no Brasil! [Manchete do jornal *Norfolk Herald Office*, da Virgínia, nos Estados Unidos da América, do dia 23 de abril de 1817.]

Recife, 6 de março de 1817.
Forte das Cinco Pontas, uma e meia da tarde.

I

— Então Sua Excelência, o governador, não se deu por satisfeito com as prisões do Domingos José Martins, do Padre João Ribeiro e do Cruz Cabugá e deu-lhe ordem para prender-me também? Poderia informar-me quais as acusações que pesam sobre mim, comandante?

— Vejo que o senhor está bem ciente dos últimos acontecimentos e assim tão prontamente já soube das prisões que foram feitas hoje pela manhã. Há evidências irrefutáveis de que está envolvido em crime de lesa-majestade, capitão, e não se persuada de tentar me ludibriar, deponha imediatamente suas armas. O senhor está preso!

— Ora, brigadeiro, de tudo se sabe no Recife. Após a denúncia do ouvidor Cruz Ferreira há dois dias, Sua Excelência não dorme preocupado com uma hipotética sublevação. Até que hoje pela manhã criou a coragem que nunca teve e resolveu convocar reunião com os comandantes das tropas. Sim, estou ciente de que foram expedidas ordens para o brigadeiro Moscoso, comandante do Regimento de Infantaria sediado em Olinda, deter os oficiais sob seu comando, enquanto o marechal José Roberto Pereira faria o mesmo com os civis. Sabe, brigadeiro, com todo o respeito que lhe tenho e ao excelentíssimo governador, fico a me perguntar em qual mundo os senhores vivem? Onde anda com a cabeça o senhor governador? Não vê ele que um estado de coisas dessas que vivemos na capitania não se pode mais manter, que está insustentável, brigadeiro Joaquim Barbosa? Há meses a tropa não recebe o pagamento dos soldos, e ainda somos obrigados a enviar para a corte no Rio de Janeiro grandes somas de dinheiro para custear salários, comidas, roupas e banquetes. A seca do ano passado arrasou as exportações de algodão e cana-de-açúcar e faliu o comércio, ao passo que os impostos aumentam numa exorbitância sem limites, trazendo todo tipo de desgraça à população indefesa. Mas o que me admira é a vossa valentia, brigadeiro, de vir em pessoa prender-me. Não fez como o brigadeiro Moscoso, que mandou seus oficiais se apresentarem no Forte do Brum sem lhes dizer o motivo, e quando lá chegaram, foram detidos. Mas o senhor não. Chega aqui com esse aparato todo de guarda reforçada, manda reunir os trinta oficiais do regimento com o único fito de fazer valer sua autoridade de fidelíssimo militar português só para humilhar-me na frente de todos? Para mostrar acintosamente quem é que manda? Então é isso? Dos oitocentos homens que compõem o efetivo deste regimento, o senhor ou o governador têm conhecimento de que só temos aquartelados hoje 634 homens? E que 41 desertaram somente este ano? Mais de 125 homens não podem nem apresentar-se no quartel simplesmente porque não têm o que comer em suas próprias casas ou porque estão doentes. Sabe ele ainda que o armamento entregue há mais de dois anos mal foi suficiente para armar metade da tropa? Pois o senhor pode voltar com o rabinho entre as pernas e diga lá ao seu governador que eu não me entrego de forma alguma, nem morto!

O brigadeiro, ao ouvir essas palavras do capitão, levou a mão ao punho da espada, mas não houve tempo: o capitão José de Barros Lima puxou a sua mais rápido e investiu com violência contra o comandante do regimento. Barbosa de Castro foi trespassado com um golpe certeiro no coração. E a Revolução planejada em segredo há meses para acontecer na segunda-feira 16 de março, depois do domingo de Páscoa, de modo simultâneo em Pernambuco, no Rio de Janeiro e na Bahia, nasceu de forma prematura no Recife. Na confusão que se seguiu, vários oficiais correram para enfrentar a guarda do brigadeiro, e uma luta ferrenha começou a ser travada. Duas sentinelas da comitiva do brigadeiro que se mantiveram do lado de fora do Forte perceberam e partiram a todo galope para o Palácio do Governo. Os que ficaram acabaram mortos ali mesmo. O tenente José Mariano de Albuquerque e o capitão Pedro da Silva Pedroso, ao lado de outros oficiais, se amotinaram e incitaram com veemência os soldados do Regimento. Uma insubordinação generalizada tomou conta das ruas rumo ao Palácio com a turba enfurecida reunindo seguidores por onde passava aos gritos de "Viva a Independência!", "Viva a liberdade dos filhos da pátria!" e "Morram os europeus!". Do quartel da Artilharia, o movimento ganhou as ruas do bairro do Santo Antônio, habitado por gente humilde, e uma multidão insatisfeita e desejosa de manifestações de rebeldia tomou ruas, becos e vielas como um rastilho de pólvora aceso em sentimento difuso e vigoroso de vingança e desforra contra os portugueses.

Seguiu destruindo de roldão o que encontrava pela frente. Grupos de soldados caçavam e espancavam portugueses; alguns foram esfaqueados; outros, mortos a cacetadas; outros, ainda assaltados. Milicianos mulatos entraram em ferrenha luta corporal com soldados pretos do regimento Henrique Dias; outros mulatos ricos foram apeados com violência de suas montarias; escravos em pânico largaram cestos, caixotes e cargas e procuravam se proteger. Outros escravos carregadores abandonaram suas senhoras transportadas em palanquins no meio das ruas, e um sem-número de negras de ganho corria de um lado a outro em meio a tiros e pedradas procurando salvar suas mercadorias. A sanha destruidora não poupava nada: carroças foram viradas, grupos de mendigos invadiram armazéns, boticas e lojas, e até as igrejas abertas foram saqueadas. À passagem do povaréu, alguns prédios foram incendiados, e portas e janelas foram cerradas às pressas ante o desespero que se ia alastrando. Aquele movimento de algumas centenas de soldados rebelados que saiu do Forte das Cinco Pontas passou pelo porto onde residia a colônia portuguesa e chegou ao bairro do Recife com milhares de rebelados.

A profunda divisão que plasmava aquela sociedade agora sem freios foi revelando-se em ódios e discórdias abertamente expostos, em desconfianças e represálias longamente recalcadas que nivelavam mulatos, negros, crioulos, mamelucos, mestiços de toda ordem e europeus numa ira irracional sedenta de sangue. Quando a multidão enfurecida chegou afinal às portas do Palácio do Governo, encontrou-o deserto. O poder refugiara-se no Forte do Brum, distante dali dois quilômetros. Assim seria formado o primeiro governo do povo brasileiro livre.

A noite de 6 para 7 de março foi de lutas, correrias, arrombamentos e tiroteios. A multidão de amotinados dividiu-se em combates contra a tropa de linha encastelada no prédio do Erário e no Forte do Brum, que resistiu durante toda a noite na defesa do governador. Entretanto um assalto repentino daqueles não poderia oferecer resistência prolongada porque a pólvora que existia, tanto no Forte, quanto no Erário, não era suficiente, e o governador viu-se obrigado a assinar a rendição na manhã do dia 7 sob a promessa de que, tão logo fosse possível, seria embarcado em segurança juntamente com sua família para a corte no Rio de Janeiro. Com o passar das horas, entretanto, as tropas foram se reorganizando e outros regimentos aderiram ao movimento. Os oficiais iam gradativamente assumindo o comando, e uma das primeiras providências foi libertar os líderes que estavam presos. Domingos José Martins, Antônio Gonçalves da Cruz e o Padre João Ribeiro foram libertados e organizaram as operações revolucionárias no antigo Erário provincial.

Recife estava em poder dos revoltosos. Assim como em Olinda, a notícia espalhou-se pelo interior mais próximo da capitania, e fez afluir à capital chefes locais e tropas que prestaram seu apoio à insurreição. Grandes proprietários ligados à exportação e que há anos se debatiam com as consequências da valorização das terras decorrente da expansão algodoeira, aflitos com suas dívidas pendentes com a extinta Companhia de Comércio e subjugados pelo monopólio dos comerciantes portugueses, se juntaram à revolta da população, que também vinha sofrendo com o desabastecimento de gêneros alimentícios.

Dentro das tropas, igualmente, havia tensões a separar brasileiros e portugueses, que sempre disputavam os postos mais elevados da hierarquia militar. Isso significava que as tropas de linha geralmente identificavam-se com os portugueses, e as tropas auxiliares, com os nascidos no Brasil. Nas auxiliares, havia atritos entre brancos e homens de cor, pois os primeiros comandavam os regimentos de negros e pardos. Uma lusofobia de sentimentos e ações pairava no ar.

O novo regime se consolidava com rapidez insuspeita. Naquele mesmo dia 7, foram reunidos 16 dos mais notáveis cidadãos — dentre os quais dois negros —, que elegeram os dirigentes do Governo Provisório nos moldes do Diretório da França de 1795, composto de cinco membros, cada um representando um setor da sociedade: o padre João Ribeiro Pessoa de Mello Montenegro, o eclesiástico; o capitão Domingos Teotônio Jorge Martins Pessoa, o militar; o advogado José Luís de Mendonça, a magistratura; o coronel Manoel Correia de Araújo, a agricultura; e o negociante Domingos José Martins, o comércio. A seguir foi criada a Secretaria de Estado e, ainda, um Conselho de Estado.

Promulgou-se uma Lei Orgânica, enviada a todas as Câmaras das comarcas de Pernambuco, que fixava a soberania popular, determinava o regime republicano de governo, seguia como princípios a liberdade de consciência e a de imprensa e a tolerância das religiões, embora adotando a religião católica como a religião oficial.

Dentre as medidas tomadas incluíram-se a adoção dos termos "patriota" e "vós" como forma de tratamento entre os cidadãos e a instituição de uma nova bandeira para a capitania. Decretou-se o aumento dos soldos dos oficiais e soldados (no triplo do anterior). Também foi revogado o Alvará Régio que tributava armazéns de fazendas e de secos e molhados e embarcações, e houve a suspensão do pagamento das dívidas junto à extinta Companhia Geral de Comércio de Pernambuco e Paraíba. Os decretos iam sendo definidos ao sabor do improviso da conjuntura. Em meio à confusão, muitos escravos se evadiram do cativeiro, e, visando estabelecer algum controle da situação, o Governo Provisório proclamou, às pressas, a inviolabilidade de propriedades (escravos aí incluídos), assim como a anulação dos processos civis e criminais e o sequestro das propriedades dos negociantes que fugiram.

Também foi instaurada no Recife a primeira tipografia da província. Um prelo pertencente ao inglês James Pinches foi posto a serviço do governo; entretanto, dada a falta de tipógrafos, dois frades, um marujo francês e o próprio Pinches ficaram com a responsabilidade de trabalhar nos serviços gráficos encomendados pelo novo regime. Nessa tipografia foram confeccionadas várias proclamações, como a da Pastoral do Bispado de Olinda e o documento "Preciso", que denunciava o governador Caetano Pinto de Miranda Montenegro de cumplicidade em sustentar as vaidades de uma corte insolente e opressora dos legítimos direitos dos cidadãos. Tal documento acusava veementemente a

Coroa de trair a população, impondo impostos e abandonando a província à própria sorte.

Em face da ausência de repressão portuguesa, Recife passou a assistir à circulação de livros que incitavam à sedição: da França, as ideias de Condorcet, Raynal, Rousseau, Volney, Voltaire e a Constituição revolucionária de 1795; dos EUA, a Constituição. As ideias de revolta eram reforçadas ainda pelos exemplos de movimentos bem-sucedidos ocorridos em outras terras: se, por um lado, a independência das colônias inglesas da América do Norte estimulava, sobretudo, os grandes proprietários; por outro, a Revolução Francesa era admirada pelos setores menos aristocráticos.

Os revolucionários que tomaram o governo de assalto tinham pressa. Sabiam ser preciso contar com todo o apoio externo que pudessem alcançar, pois era certo que a reação da corte do Rio de Janeiro não tardaria. Em poucos dias foram enviados emissários para o Rio Grande do Norte, o Ceará, Alagoas e a Bahia, tendo a Paraíba se levantado já em 13 de março e constituído uma Junta Governativa Provisória. Dois dos principais líderes do movimento, Domingos José Martins e Domingos Teotônio Jorge, haviam estado no Rio de Janeiro e na Bahia, assim como outros conspiradores haviam estado também no Ceará, na Paraíba e no Rio Grande do Norte, para tratar da conspiração contra a Monarquia.

A fim de continuar obtendo todo o apoio externo, inclusive fora do Brasil, foi nomeado Antônio Gonçalves da Cruz emissário para os Estados Unidos. Também foram redigidas cartas à Grã-Bretanha oferecendo a representação da nova república ao jornalista Hipólito José da Costa, dono do jornal Correio Braziliense, editado em Londres. O navio Rowena zarpou de Pernambuco em 13 de março para Saint Kitts, no Caribe, com a notícia da Revolução. Nele estava embarcado o comerciante inglês

Charles Bowen, com a incumbência de advogar e propagar a Revolução, além de anunciar a chegada de Antônio Gonçalves da Cruz aos Estados Unidos, para tratar de assuntos de interesses bilaterais, e entregar uma correspondência endereçada ao presidente James Monroe, na qual se externava o desejo de oferecer "liberdade absoluta de comércio". Bowen, seguindo viagem, deveria fazer ver aos estadunidenses a admiração que aquela nação despertava no Brasil, enfatizando que a revolução em curso, em muitas de suas atitudes e diretrizes políticas, havia se espelhado no exemplo deles. Os conspiradores levavam em consideração, desde a fase de gestação do movimento, as aspirações norte-americanas de participar do comércio nos trópicos e de se aproximar da Corte joanina. Tais desejos eram prejudicados, no entanto, pelo favoritismo que a Coroa demonstrava pela Inglaterra. Em 13 de março foi editado o Decreto do Governo Provisório, estabelecendo liberdade plena de comércio com todas as nações. E finalmente, em 6 de abril, Antônio Gonçalves da Cruz, acompanhado do intérprete Domingos Malaquias de Aguiar Pires Ferreira, partiu para os Estados Unidos.

O completo isolamento do Brasil durante séculos, sem qualquer imprensa, e a parca circulação interna de ideias novas sempre foram úteis a Portugal porque, convenientemente, ajudavam na manutenção de seus domínios. Essa é a razão para a contratação de Charles Bowen a peso de ouro. Ia instruído a, na escala que forçosamente faria para a troca de navio em Barbados, no Caribe, divulgar aos quatro ventos as notícias dos acontecimentos no Recife. E foi assim que a Inglaterra, o país mais poderoso do mundo à época, ficou a par dos acontecimentos na colônia portuguesa das Américas. Os jornais britânicos como *The Courier*, *The Quarterly Review*, *The New Times*, *The Edinburgh Review* e *The Morning Chronicle* tinham fama de isenção política, o que lhes dava autoridade internacional incontestável. Dentre aqueles jornais, o *Times* era, certamente, o de maior importância, sobretudo porque seus artigos e notícias eram habitualmente transcritos por jornais de todo o Ocidente. Também circulavam em Londres, em língua portuguesa, os periódicos *O Português, O Investigador* e *Correio Braziliense*, do qual era proprietário Hipólito José da Costa, a quem justamente foi oferecida a representação da nova República de Pernambuco. Os revoltosos procuravam tirar proveito da percepção de que, para os portugueses, o maior pecado, depois do próprio pecado, era a publicação do pecado. A publicação de manchetes bombásticas como a do *Times* de Londres que alardeava *"General Insurrection em the Brazils!"* constituía escândalo sem precedentes para o governo português.

Bowen fez mais. Ao chegar ao porto de Norfolk, nos Estados Unidos, a bordo do brigue Herald, dirigiu-se à redação do *Norfolk Herald Office*. E, no dia seguinte ao de sua chegada, em 24 de abril, o jornal estampava a manchete: *"Highly Important! Revolution in Brazil!"*, informando ainda que o representante dos revolucionários trazia correspondência endereçada ao presidente dos Estados Unidos. A novidade espalhou-se com rapidez também porque a Monarquia no Brasil, com a ascensão de D. João VI, era vista como um *fait-accompli* (fato consumado), e o próprio governo dos Estados Unidos, certo dessa realidade inequívoca, já dispunha, inclusive, de representante diplomático junto à Corte de D. João e de agentes consulares em vários portos do país. Tudo no nível do previsível até que a notícia de um Brasil republicano — e ainda por cima insurgente — causou imensa repercussão na imprensa estadunidense e acabou por se constituir motivo de debates e discussões acaloradas.

Logo a 29 de abril o jornal *National Intelligencer* repete a notícia do Norfolk Herald; em 2 de maio é a vez de o *Georgetown Messenger* dar nota sobre a Revolução. Nesse mesmo dia Charles

Bowen é recebido por Richard Rush, secretário de Estado interino do então presidente James Monroe. E toda essa novidade caiu como uma bomba na cabeça do abade José Correia da Serra, embaixador plenipotenciário de Portugal junto ao governo estadunidense. Ao saber que Bowen havia sido recebido por Rush, o abade deixou a Filadélfia, onde assistia às sessões do Congresso, e foi para Washington, solicitando audiência emergencial a Rush. Nessa ambiência de autoridade especialmente enviada pelo novo governo revolucionário brasileiro — e vigiado pelos homens do abade Serra —, Antônio Gonçalves da Cruz, depois de viajar por 39 dias e 6.700 quilômetros pelo oceano Atlântico, desembarcou em Boston, em 14 de maio de 1817.

II

No porto de Boston, Antônio Gonçalves e seu intérprete foram recepcionados por vários comerciantes e autoridades. As notícias divulgadas na imprensa local criaram a expectativa de possíveis negócios com a longínqua e recém-proclamada república sul-americana. Os estadunidenses de imediato providenciaram acomodações em um hotel da região portuária, onde todos os dias eram realizadas inúmeras reuniões. Interessava aos grandes comerciantes intensificar o comércio do açúcar e, sobretudo, o do algodão, para alimentar os teares das nascentes indústrias têxteis daquele país, pois teriam a matéria-prima de que precisavam sem ter de arcar com a manutenção ostensiva da escravidão, considerada, ao menos no norte do país, regime extremamente contraproducente em termos de industrialização, e não por impositivos de ordem humanitária ou ética, com o qual não desejavam lidar. Queriam o algodão e sabiam que a região Nordeste do Brasil vinha cultivando a fibra com excelente produtividade. Não importava onde fosse plantado, nem como e menos ainda por quem.

Antônio Gonçalves e Malaquias Ferreira viveram dias de intenso trabalho e foram inclusive recebidos pelo ex-presidente John Adams, que, de tão impressionado com o embaixador de Pernambuco, externou em 26 de maio ao também ex-presidente Thomas Jefferson: "(...) tendo estado por um ano ou dois em uma situação semelhante, não pude deixar de simpatizar com ele. Como diz

Bonaparte, a Idade da Razão não terminou. Nada pode extinguir totalmente ou eclipsar a luz que foi difundida pela imprensa".

Entretanto, a luz da imprensa, em razão da distância e das demoradas viagens a vela, ainda não podia inteirar os Estados Unidos do que, por aqueles dias de fins de maio, se passava no Brasil. A reação da Monarquia não se fez tardar. Na Bahia, o governador Conde dos Arcos havia sido informado de que desembarcaria na província, às escondidas, um enviado dos revoltosos a fim de provocar o levante. Pôs seu governo em alerta máximo. Ao desembarcar, o padre José Inácio Ribeiro de Abreu e Lima foi preso e, passados três dias do desembarque e de sumário julgamento, fuzilado. O Conde expediu ainda uma força naval, armada às pressas, para realizar o bloqueio do porto do Recife, ao tempo em que fazia seguir por terra as primeiras tropas para debelar a revolta. Na Corte do Rio, aonde as notícias do levante também já haviam chegado, as providências foram as mais drásticas adotadas pelo governo português com relação a qualquer acontecimento interno no Brasil até então. Equipou-se uma expedição militar que reuniu a bordo das naus Vasco da Gama e Rainha de Portugal e de dez outras embarcações menores quatro batalhões de infantaria, dois esquadrões de cavalaria e um destacamento de artilharia com oito canhões, no total de 4 mil homens. O Marquês de Angeja foi enviado às pressas para Lisboa com ordens de trazer ao Brasil dois regimentos de infantaria, com 2.600 homens no total. E ao governo inglês foi solicitado, por meio do embaixador Conde de Palmella, em Londres, a fornecer auxílio militar naval.

Em Boston, Antônio Gonçalves da Cruz começava a realizar o roteiro que culminaria com a ida até a capital estadunidense, onde imaginava conseguir uma entrevista com o próprio presidente James Monroe. De passagem pela Filadélfia encontrou-se em 5 de junho com o enviado da presidência da república

Caesar Augustus Rodney, membro da Comissão para Assuntos Sul-Americanos, e William Jones, presidente do Banco Central. Antes de partir para a Filadélfia, Gonçalves buscou no porto notícias sobre o andamento dos acontecimentos no Recife, mas sem sucesso. Partira do Recife em 6 de abril, portanto já haviam decorrido dois meses desde sua partida, tempo suficiente para terem enviado alguma instrução. Ajustara com a junta do Governo Provisório que enviariam a Boston notícias assim que possível. O plano era equipar — sob o comando de Domingos José Martins em associação com homens do grosso comércio — um dos navios do tráfico de escravos da rota da África para navegar até Boston e voltar carregado de alimentos e armas, sobretudo canhões, de fabricação estadunidense. Tal armamento seria imprescindível para enfrentar as tropas da Coroa portuguesa, muito mais numerosas que as sitiadas no Recife. Já decorrera tempo hábil para tal navio ter chegado a Boston. Mas não havia notícias dele, nem mesmo pelos navios norte-americanos que navegavam para as ilhas do Caribe.

Antônio Gonçalves contava retornar para o Recife nesse mesmo navio; entretanto, ainda não havia conseguido agendar seu encontro com o presidente dos Estados Unidos. Positivamente os estadunidenses não tinham pressa. Aguardavam o rumo dos acontecimentos para melhor se posicionarem. A conversa travada com Caesar Augustus Rodney e William Jones foi bastante esclarecedora nesse sentido. Rodney parecia estar a par de todos os acontecimentos recentes no continente americano e, inclusive, daqueles que se passavam no Brasil. Já William Jones, a cada dez palavras que falava, duas ou três eram a palavra dólar.

Na reunião, após os cumprimentos de praxe, foram indicados pelos estadunidenses alguns pontos preliminares que, depois da aprovação do secretário de Estado Richard Rush, poderiam ser colocados em vigor. Consistiam em:

1. Mesmo que o governo estadunidense não reconhecesse a legitimidade da República Pernambucana, sua bandeira e seus navios mercantes poderiam entrar livremente em todos os portos dos Estados Unidos, determinação que se estendia às embarcações de guerra vindas da nova república. 2. Os Estados Unidos jamais consentiriam que os portos pernambucanos fossem nominalmente bloqueados. 3. O governo estadunidense não impediria que comerciantes e particulares remetessem a Pernambuco apetrechos bélicos ou outros gêneros. Não se responsabilizaria, porém, pelas embarcações que fossem tomadas pelos inimigos daquele governo. E, finalmente, 4: Em decorrência de alguns compromissos existentes entre os Estados Unidos e os governos da Europa, o país não podia, por enquanto, reconhecer o emissário do Governo de Pernambuco. Essa última cláusula embasava-se na Lei da Neutralidade dos Estados Unidos frente aos movimentos de Independência dos países do continente em vigor desde 3 de março de 1817.

Rodney leu os itens acima, já previamente redigidos, como se aquilo fosse uma mera comunicação, e não um acordo entre as partes. Depois da leitura desse documento sumário, Antônio Gonçalves, falando pausadamente para que Domingos Malaquias traduzisse os pontos que ele não conseguia expressar em inglês, ponderou aos americanos:

— Mais uma vez, cumpre-nos agradecer a acolhida que tivemos aqui em seu país, mister Rodney; entretanto, devo esclarecer que nossa missão reveste-se de caráter de extrema gravidade e urgência. As comunicações com o Brasil têm demorado muito a acontecer. De modo que, desde que deixei o Recife, não sei do que por lá estar a se passar. Mas sei que precisamos de ajuda sem mais delongas. A Coroa portuguesa não se conformará facilmente com a nossa Independência, e é muito provável que, nesse exato momento, estejamos em sérios apuros no Recife. Isso se afigura um pedido de socorro urgente que estamos a lhes fazer. Não só no sentido de reconhecimento formal de nossa república, mas também a fim de motivar os industriais estadunidenses a comercializar materiais de guerra conosco. Creio que, por tudo aquilo que conversamos exaustivamente, já os fiz sentir o lucro que advirá dessas transações. E, finalmente, que nos seja permitido contratar os serviços de alguns experimentados militares franceses que outrora serviram a Napoleão Bonaparte, e que hoje se encontram exilados aqui, a nos prestarem o serviço de combater a nosso lado. Ademais, devo também acompanhar os movimentos do embaixador português Correa da Serra junto a seu governo, pois certamente ele usará de todos os meios a seu dispor para desacreditar nossa Revolução. Como Vossa Senhoria já tem conhecimento, também na Inglaterra tivemos a preocupação de buscar apoio, desde que convidamos o influente jornalista Hipólito José da Costa, que foi formalmente convidado a ser o representante do governo republicano de Pernambuco.

Rodney bateu a cinza de seu charuto no cinzeiro. Sorriu, balançou a cabeça em tom apreensivo e respondeu, também pausadamente.

— Mister Antônio Gonçalves, embora sejamos obrigados a seguir nossa lei de neutralidade recentemente adotada, temos interesse, todo o interesse, aliás, em desestabilizar o monopólio inglês nas províncias brasileiras. Quase todo o comércio do Brasil para o exterior, além daquele dominado pelos portugueses, é monopolizado pelos ingleses, que possuem amplas vantagens aduaneiras. Todavia, os senhores devem compreender também que não nos interessa um confronto aberto com a Inglaterra, país aliado de Portugal, por duas razões. A primeira é que estivemos em guerra com eles até muito recentemente, por volta de 1815. Outro ponto a considerar é que uma atitude nossa de apoio aberto ao movimento revolucionário em Pernambuco poderia induzir suspeitas aos olhos da Europa, ou melhor, da Santa Aliança, de que nos portamos como incentivadores de rebeliões. Isso nos seria extremamente desfavorável. Somos um país recém-independente. Alcançamos a Independência há apenas 42 anos, e as potências europeias que emergiram vitoriosas do Congresso de Viena podem entender de reavivar seus impérios coloniais nas Américas. Como sabemos, à medida que as guerras revolucionárias napoleônicas foram terminando, a Prússia, a Áustria e a Rússia formaram a Santa Aliança para defender o monarquismo. A realidade é que vivemos um momento difícil na política externa, que torna tudo muito delicado. O que não quer dizer, absolutamente, que fiquemos de braços cruzados. Há maneiras e maneiras de fazermos certas coisas. Mas é preciso que o desenrolar dos acontecimentos no Brasil nos dê a certeza de que seu povo está firmemente decidido a libertar-se por si mesmo. Os movimentos na América espanhola também estão em franco desenrolar, e nada há de bem definido. Nosso apoio a sua causa poderá vir a ser indireto, entendida aí a ambiguidade que a palavra possa carregar. Fui claro?

— Perfeitamente — respondeu Gonçalves. — Nós compreendemos a situação delicada e ponderamos com Vossas Excelências que, não fora o apoio francês à causa de vossa Independência, talvez não estivéssemos aqui hoje, a pedir-lhe o vosso precioso auxílio.

— Sim, por certo, quanto a isso não há dúvidas. Mas somente depois de vencermos, nós mesmos, os ingleses na Batalha de Saratoga, em 1777, é que convencemos não só os franceses como os espanhóis a lutarem a nosso lado. Volto a repetir: um apoio dessa magnitude há de contar antes com a demonstração do firme propósito dos brasileiros. Aguardemos então o desenrolar dos acontecimentos. Ainda é cedo para maiores especulações nesse sentido. No entanto, fato que merece consideração é vocês terem contra si o alto comércio inglês, enraizado no Brasil desde a transferência da Corte portuguesa em 1808. A sua Revolução representa uma ameaça aos interesses deles. E os interesses do alto comércio lusitano estão também sobejamente representados em Londres, onde muitas firmas têm sociedade com firmas britânicas ou importantes escritórios. E digo-lhes mais: vocês decididamente bateram à porta errada ao apelarem para o senhor Hipólito José da Costa, em Londres. Sabe-se aqui que o jornal Correio Braziliense, do qual ele é proprietário, goza da valia pessoal de D. João, que lhe destina mil libras esterlinas por ano. Mister Hipólito desenvolve em seu jornal críticas com relação à administração portuguesa, é verdade, e isso pode parecer oposição à Coroa. Mas o fato é que ele tem compromisso com a manutenção da união dos Reinos do Brasil e de Portugal sob a coroa dos Bragança. Podem estar certos de que ele vai empenhar-se em divulgar o acontecimento da Revolução republicana como uma insensatez que causará males incomensuráveis ao Reino.

Depois dessa conversa cheia de promessas veladas e sem qualquer resultado prático, os emissários do governo de Pernambuco passaram a Washington, onde afinal se reuniram com o próprio secretário de Estado, Richard Rush. Este desculpou-se em nome do presidente por não tê-los recebido pessoalmente em virtude dos muitos compromissos agendados com antecedência, mas prometeu fazer chegar à presidência, e em detalhes, tudo de que tratassem na reunião. As aspirações de conseguir o reconhecimento do governo de Washington para a república criada no Nordeste não foram atendidas. Richard Rush durante todo o encontro mantivera-se na postura de perguntar detalhes das intenções dos revolucionários quanto ao comércio externo, tendo ele próprio falado muito pouco. Entretanto, deixara claro que nada os impediria de viajar até Baltimore, em Maryland, onde poderiam gastar parte dos 60:000$000 (sessenta contos) que levavam destinados a comprar armas e munições. Naquela cidade foram comprados e embarcados para o porto do Recife 300 pistolas e 300 sabres para cavalaria ligeira, mil espingardas para caçadores, 2 mil espingardas leves para a infantaria e pólvora suficiente. Chegaram a encomendar ainda 200 pistolas para cavalaria, 2 mil espingardas leves para o uso dos caçadores e 7 mil espingardas não pesadas para a infantaria, à imitação da infantaria francesa.

III

Ao voltarem de Washington para a Filadélfia, houve novo encontro em caráter emergencial com Rodney, a pedido de Antônio Gonçalves, depois de, finalmente, chegarem notícias trazidas por um navio espanhol que aportara recentemente na Paraíba. O navio havia estado no Recife para um carregamento de algodão, mas não o pôde fazer em virtude do bloqueio no porto. O comandante em pessoa pediu autorização para descer a terra e tomou conhecimento do que então lá se passava. Soube que, desde 23 de abril, o Governo Provisório resolvera se retirar da parte da cidade conhecida como o bairro do Recife e fora para o bairro Soledade, instalando-se no Palácio do Bispado, pensando em dali organizar uma melhor resistência. Mas à medida que os dias foram se sucedendo, o porto do Recife acabou sendo bloqueado, e notícias desencontradas sobre o avanço das tropas legalistas fizeram o desalento tomar conta do moral das tropas sublevadas e da população, assolada, ademais, pela escassez brutal de alimentos. Em 15 de maio houve a Batalha do Pau d'Alho, quando morreram centenas de rebelados e da qual um dos principais líderes do movimento, Domingos José Martins, escapou gravemente ferido. O comandante espanhol contou ainda a Antônio Gonçalves que falara pessoalmente com o oficial responsável pelo bloqueio do porto. Aquele disse-lhe que o exército republicano havia sido espetacularmente batido na localidade de Ipojuca. A situação tornara-se insustentável para os revolucionários, embora houvesse ainda vários focos de resistência na cidade. O Governo Provisório, numa atitude de desespero, tentara entrar em acordo de rendição com o comandante do bloqueio naval, mas sem êxito. A partir disso dissolveu-se parte do governo, que retirou-se com alguma tropa para o Engenho Paulista. Naquele acampamento da tropa revolucionária em retirada, próximo à meia-noite, os líderes derrotados se reuniram em conselho buscando uma resolução, sem êxito. O comandante do barco espanhol soube ainda, depois de conversar com alguns marinheiros do porto, que, ao longo da noite do dia 20 de maio, na ânsia de salvar suas próprias vidas, muitos revoltosos debandaram. Certo padre João Ribeiro suicidou-se, e os principais líderes da Revolução finalmente foram presos. Três dias depois de tomarem posse do engenho, as tropas da Coroa desenterraram o cadáver do Padre João Ribeiro, lhe cortaram a cabeça e a enviaram ao Recife para ser pendurada no pelourinho. O governo real havia feito a reocupação do Recife com atos de extrema violência, fuzilando sem clemência os revoltosos encontrados pelas ruas e esconderijos. A vingança da Coroa portuguesa encheu Pernambuco de ódio, luto e sangue. Segundo ainda o comandante espanhol, havia rumores de que vários senhores de engenho das redondezas da cidade estavam organizando a resistência.

Essas tristes notícias junto à esperança de alguma reação possível puseram Antônio Gonçalves em alvoroço para encontrar qualquer ajuda para o povo do Recife. Já o intérprete Domingos Malaquias, sentindo a gravidade da situação, resolveu partir para Londres no primeiro navio que zarpasse. Pediria asilo e esperaria as coisas se acalmarem para tentar sua volta ao Brasil. Antônio Gonçalves, todavia, não descansou até que, depois de muito insistir, conseguiu nova audiência com Rodney, que o recebeu muito friamente.

— Estamos cientes da situação atual da capitania do Recife, e não são boas as notícias — disse Rodney, nessa segunda entrevista. — Mister Gonçalves, para libertarmo-nos da Inglaterra, travamos lutas imensas e por meses e meses a fio. A Inglaterra passara a exercer uma política opressora sobre as treze colônias, que, de certa forma, estavam acostumadas com alguma autonomia política e comercial em relação à metrópole. Muito bem. Mas a Inglaterra começou a exigir o fechamento das indústrias aqui do norte; exigia também exclusividade na compra das matérias-primas, o aumento e a criação de impostos, entre outras imposições. Isso por causa dos gastos financeiros com a guerra dos Sete Anos, na Europa. A Inglaterra ganhou a guerra na Europa, mas ficou numa penúria terrível. Resultado? Aumentaram impostos ao ponto de o rejeitarmos em definitivo. Mas também passamos a nos organizar militarmente. Começou a haver muitos conflitos, até que os representantes das treze colônias reuniram-se no Segundo Congresso da Filadélfia, quando prevaleceu a decisão de independência. Em meio aos primeiros combates com os ingleses, percebemos o óbvio. E o senhor quer saber qual foi a conclusão óbvia à qual chegamos? A da Declaração de Independência das treze colônias. Nesse documento ficou ajustado que as treze colônias se uniriam formando um único país, porém cada uma mantendo sua autonomia e votando suas próprias leis.

— Sim, temos conhecimento de que esses fatos foram bem diversos dos que temos presentemente no Brasil. Contávamos com o apoio de senhores muito importantes em nosso país, posso mesmo dizer que contávamos com o apoio dos homens mais ricos de toda a colônia, sobretudo de homens de grosso trato de províncias como a Paraíba, Bahia, Rio Grande do Norte, Ceará, Alagoas e até da própria Corte no Rio de Janeiro...

— Mister Antônio Gonçalves — interrompeu Rodney —, a nossa Independência foi feita aliando república a uma democracia representativa. Pelo pouco que sei das notícias que chegam do Brasil por meio dos representantes comerciais que lá temos é que, num passado mais ou menos recente, houve um movimento insurgente que mais imprimiu temor do que propriamente foi uma manifestação popular, declarada na região das Minas Gerais em 1789. Corrija-me se eu estiver errado: a Inconfidência das Minas Gerais foi uma conspiração abortada de véspera, porque delatada, e protagonizada por pessoas cujas origens se circunscreviam às elites. Nove anos depois, em 1798, na Bahia, houve um movimento que envolveu alguma gente do povo como artesãos, militares e alfaiates. Esse mais expansivo em suas intenções, pois houve a gestação de um projeto de Revolução que articulava, de alguma sorte, as elites locais e até indivíduos egressos da escravidão. A revolta que Vossas Senhorias levaram adiante nos parece mais avançada ainda — e com a ajuda importantíssima e surpreendente de muitos padres do Seminário de Olinda. Todavia, há um mal que vocês, brasileiros, padecem e ainda não conseguiram vencer, e, pelo que tudo indica, estão longe de o conseguir. Pelo que acaba de me dizer, havia promessas de apoio de homens ricos. Deixe-me acrescentar, a propósito desse histórico, um detalhe capital. Quando fizemos nossa Independência, houve um movimento único, forte, potente e decisivo de toda a população das treze colônias, de Massachusetts à Geórgia, muito embora houvesse aqui e ali pequenas dissidências. Somente tal atitude poderia enfrentar uma realidade que, para os senhores, é ainda mais difícil que a nossa em 1775: a de um território profundamente marcado pela política de fragmentação colonialista portuguesa, na qual se incentiva a correspondência direta das capitanias com a metrópole, e não a integração entre elas. Essa é a diferença capital.

— Sim, é o que pretendemos fazer também.

— Mister, creio que o melhor a fazer em sua posição é continuar residindo aqui mesmo, ao menos por enquanto. Pelas notícias que nos chegam do Recife, a causa parece estar irremediavelmente perdida. Mesmo que ainda não aceitemos formalmente o Estado pernambucano independente, não há empecilhos para que Vossa Senhoria permaneça aqui. A Secretaria de Estado recomenda, entretanto, que não escolha a capital da República para morar. Essa questão da não fixação em Washington dá-se por razões óbvias. O próprio presidente James Monroe já resolveu tal impasse quando Pedro Gual, enviado venezuelano, e José Manuel Herrera, representante dos insurgentes mexicanos, aqui chegaram pelas mesmas razões suas. Como não lograram o reconhecimento de seus países, o primeiro hoje mora em Nova Orleans, e o segundo, na Pensilvânia. O senhor pode muito bem continuar residindo aqui na Filadélfia pelo tempo que bem lhe aprouver.

— E como poderia ficar inerte aqui ao tempo que meu povo vai sendo dizimado?

— Senhor — pela primeira vez Rodney usou essa expressão em vez de Mister —, é preciso levar em conta que, na marcha variável dos acontecimentos, há circunstâncias tão imperiosas que forçam o homem mais escrupuloso a curvar-se por um momento e saltar por cima dos princípios de sua convicção: sua volta ao Brasil, até onde me consta, lhe custaria inevitavelmente a vida. Desculpe-me se vos falo assim tão francamente, mas a verdade é que o Brasil, aos olhos dos estrangeiros que o estudam ou o visitaram, é apenas um imenso continente. Eu mesmo já estive duas vezes na Corte no Rio, e também no porto da Bahia, e é muito fácil constatar isso. A vossa realidade é a de que não há unidade. E existe um agravante a respeito do povo. A excessiva miscigenação de que os portugueses sempre foram tão pródigos também concorre para isso, porque retira a força de coesão de uma raça. Aqui, o senhor pode ver claramente em nossas ruas, em nossas cidades: branco é branco, preto é preto, índio é índio. No Brasil não se sabe qual raça há. Todos parecem infelizmente

uns... — Rodney procurava palavra amena para expressar-se. — Todos parecem...
— Parecem como eu? Mulatos. É essa a palavra que usamos — interrompeu Antônio Gonçalves.
— Seja como for — continuou Rodney, com expressão constrangida —, talvez consigam a Independência a julgar pelo desenrolar cada vez mais insistente dos acontecimentos nesse sentido. Mas não nos parece ser este o momento. Aqui, em nosso território, sentimos a necessidade não somente de uma independência política da Inglaterra. Tivemos — e ainda temos — a intenção de expandir nosso território também com o intuito de fortalecer nossa unidade, de modo que negociamos a compra da Louisiana, concluída em 1803, durante a presidência de Thomas Jefferson. Aquele território foi adquirido da França por US$ 15 milhões. Bem diferente, portanto, das aventuras portuguesas no Brasil, como está acontecendo com as questões da Guiana Francesa ou do Uruguai atualmente, nas quais os portugueses se envolveram por mero oportunismo ou vingança. Não houve o firme propósito de anexar para desenvolver o próprio território. Atualmente estamos estudando a anexação da Flórida. Isto é, se conseguirmos convencer aos espanhóis a vender o território. E continuamos nossa expansão rumo ao Oeste, rumo ao oceano Pacífico. Se não conseguirmos pelas armas, conseguimos pela compra. Tudo pode ser comprado.
— Sim, tudo pode ser comprado, mesmo se levarmos em conta que uns têm preços, e outros valores — respondeu afinal Antônio Gonçalves, depois de olhar para Rodney fixamente por alguns segundos.
— Perfeitamente, assim é o mundo. Temos, porém, um imenso problema em comum que perdura insolúvel, tanto aqui, quanto no Brasil, e que ainda vai dar muita, muita dor de cabeça. A escravidão.

IV

Os dias que se seguiram foram da mais absoluta tristeza e desânimo para Antônio Gonçalves da Cruz. Domingos Malaquias embarcara para a Inglaterra, deixando-o só. Depois de muito escrever aos comerciantes de Baltimore, em Maryland, para saber se os armamentos afinal haviam sido entregues, Cruz recebeu a resposta de que o navio e a carga foram apreendidos no litoral do Brasil, à altura do porto do Rio Grande do Norte. Os comerciantes acrescentaram ainda que se recusavam a contratar novas vendas para aquela região em razão da extrema instabilidade do local. Antônio Gonçalves ficou sozinho, a mandar cartas e mais cartas para o Brasil e para as autoridades estadunidenses, que sequer respondiam. Imaginava o quê seria feito do povo pernambucano, como teria sido a rendição. Haveria qualquer possibilidade de reação? A essa altura, suas propriedades deveriam estar confiscadas. Todas, as da cidade e a de São José de Manguinhos também. Haveria a possibilidade de retomar a ação em outra capitania? O que teria acontecido?

Gonçalves da Cruz passava seus dias entre o hotel onde morava e o posto dos correios da Filadélfia. Costumava fazer as refeições em uma taverna próxima, na qual terminou por fazer amizades, dentre elas com John Hopkins, irlandês proprietário desse estabelecimento. Na taverna, passava horas a conversar com Hopkins, um saudoso imigrante, ou ficava entregue a seus pensamentos, ou ainda punha-se a escrever cartas, sentado a uma das mesas, invariavelmente bebendo uísque.

Certa noite, agoniado, sem saber que rumo daria a sua vida, pôs-se a lembrar aquele mês de março que passara no Recife durante a efetivação do governo revolucionário — de 6 de março a 6 de abril, quando viajara. Quanto mais pensava a respeito, mais lhe invadia uma grande tristeza, pois sabia o quão difícil seria estabelecer o necessário consenso no Recife. Lembrava-se ainda do último encontro que tivera com Rodney e das graves coisas que esse lhe dissera. Era forçoso reconhecer que, desde o início, houve sérias divergências no Governo Provisório, a começar pela divisão entre os próprios membros e apoiadores em relação ao futuro do trabalho escravo e à participação dos cativos na luta contra os monarquistas. Domingos José Martins, representante do comércio, era abolicionista e defensor do uso de cativos na guerra com a promessa de emancipação e pagamento dos soldos respectivos. Já Francisco de Paula posicionava-se radicalmente contra essa proposta, pois era da linha da aristocrata rural, contrária a tais medidas. Ele e muitos outros negociantes temiam a repetição do que ocorrera no Haiti, quando os escravos se rebelaram e mataram todos os brancos da ilha. O fantasma da ameaça à ordem social, com as liberdades que poderiam advir ao povo negro, amedrontava muitos senhores de engenho, também porque em todo o Brasil era o braço escravo que movia o trabalho — e a cisão da camada proprietária em relação à questão da escravidão enfraquecia a república recém-proclamada. Depois de muita discussão, o Governo Provisório procurou minimizar as desavenças com a proclamação em defesa de uma abolição lenta, regular e legal, que indenizasse os proprietários de escravos pelo Erário público. Em outra assembleia foi explicitada a escassez de recursos, e recorreu-se aos particulares para ajudarem na organização dos corpos de cavalaria. Foram feitos apelos aos comerciantes para que vendessem qualquer gênero alimentício ainda disponível e todo o estoque bélico que possuíssem. Ninguém se prontificou a atender os apelos, alegavam falta de garantias. Os comerciantes de grosso trato ou esconderam seus estoques, ou alegaram que a oferta não condizia com os preços de mercado. Foi necessária a atitude radical de ordenar o sequestro de armas e gêneros estocados em armazéns, cavando mais a fundo as divisões. De fato, a ideia de Brasil significava coisas diferentes para pessoas diferentes. Para muitos, nação era o conjunto de súditos de um mesmo rei — concepção para a qual a soberania calcava-se nos direitos das dinastias, o que significava, desde sempre, classes dominantes. Os revolucionários de fato se dividiam em dois grupos: os partidários de um movimento contrário à colonização, mas aristocrático e escravocrata, que disputavam marcas de distinção, como nobilitação por meio de comendas da Ordem de Cristo e aquisição de postos na administração; e aqueles, a minoria da qual ele e padres do Seminário participavam, que almejavam um sistema nivelador e defendiam ideias como a igualdade racial e social. Contudo, os interesses particulares falaram mais alto.

Hopkins, que viera lhe trazer mais uma dose de uísque, interrompeu seus pensamentos:

— Está muito pensativo hoje, mister Cabugá. Nenhuma notícia de sua terra ainda?

— Ainda não — respondeu Antônio Gonçalves em inglês, aprimorado a cada dia, e sorriu com tristeza. — Mas agradeço-lhe a dose e a atenção de chamar-me pelo nome pelo qual sou tratado em minha terra. No Brasil temos esse costume de tratarmos os amigos próximos pelos nomes que lembram nossa família ou nossas origens, como é meu caso. Cabugá é o nome da rua onde nasci, no Recife. Ali meu pai era um grande comerciante e possuía muitas propriedades.

— Certamente, senhor. Há algo assim na Irlanda também. Bem, fique à vontade. Estou às ordens.

Antônio Gonçalves voltou a entregar-se a seus pensamentos, tentando recordar em qual ponto estava antes de Hopkins o abordar. Não retomou de onde parara, mas lembrou-se com muito amargor de que tantas das alianças prometidas se acovardaram no momento mais decisivo da Revolução. Lembrou-se da linda senhorita Rosa, filha de um grande senhor de engenhos, que lhe recusara o pedido de casamento, muito provavelmente porque seu tom de pele era um pouco além do aceitável para um mulato que quisesse ser visto como branco, embora fosse muito rico. Nesse ponto virou de vez a dose de uísque que estava sobre a mesa e pediu outra a Hopkins. Mas, de tudo, o que mais o incomodava naquele momento, o que mais lhe doía na alma era ter viajado aos Estados Unidos. Alimentara a tremenda ilusão de que os americanos dariam apoio à causa. Mas a verdade é que ali, o espírito mercantil, bem herdado dos ingleses, saudaria e apoiaria a república pernambucana ou qualquer outra, desde que tivessem a certeza de que mais ganhariam com o livre comércio. Nada mais.

Hopkins trouxe-lhe outra dose de uísque:

— Mister Cabugá, desculpe-me, estava quase a esquecer-me de algo muito importante. Na noite de ontem, um marujo inglês deixou um jornal londrino aqui na taverna. Parece-me que há nele notícias muito interessantes sobre a causa revolucionária em sua terra. Consta daquela edição do Times de Londres, do dia primeiro de julho. Cheguei a ler parte da notícia. Guardei o jornal para lhe dar. Deixe-me ver onde coloquei aquela porcaria — esbravejava o homem ao procurar o jornal por debaixo do balcão. — Ah, sim, aqui está. Poderá ver, pelo que aí está escrito, que já não resta a menor dúvida: seu país vai mesmo sair da tutela exclusiva dos portugueses! — disse dando uma risadinha cheia de sarcasmo, ao tempo que passava o jornal dobrado para Antônio Gonçalves.

Antônio tomou do periódico e, como estava já meio tonto com o uísque que bebera, limitou-se a pagar a conta e dizer:

— *Thank you, mister John Hopkins. Thanks, have a good night.*

Saiu da taverna com o jornal debaixo do braço, caminhando em direção ao hotel. A curiosidade, entretanto, o espicaçava. Não esperou até chegar ao Hotel Renshaw. Aproximou-se de um lampião de rua alimentado a óleo de baleia e, quase colado ao poste, desdobrou o jornal. Leu na primeira página:

"O impasse no Brasil e a perplexidade em Londres". Mais adiante: *"Yesterday a meeting was held at the City of London Tavern of the Brazil Committee, and other merchants concerned in the trade to that country"*. Cabugá conseguiu traduzir: "Foi realizada ontem, na City of London Tavern, uma reunião do Comitê do Brasil e de outros negociantes interessados no comércio com aquele país". *"Reply he might receive, in the hope that such official information would be attained as would enable the merchants to assemble at a future time for some beneficial purpose connected with the interest of their trade."* Cabugá ia lendo adiante e entendendo que a reunião, à falta de notícias minimamente precisas, decidiu não adotar qualquer resolução no momento, mas instruir o secretário do Comitê, Mr. Buckle, a reunir-se com o subsecretário de Estado inglês Hamilton e voltar com "a resposta que possa vir a receber, na esperança de que uma informação oficial seja obtida, que possibilite os comerciantes a se reunirem em futuro próximo para algum propósito benéfico relacionado com os interesses de seu comércio com o Brasil". Cabugá, irado, atirou o jornal a um monte de lixo na rua e pensou: necessitávamos de tantas outras coisas que infelizmente não virão tão cedo... tantas.

Agasalhou-se mais ao casaco por causa do vento gélido que soprava junto com os flocos de neve que começavam a cair, seguindo a caminhar tristemente pelas ruas da Filadélfia em direção ao Hotel Renshaw.

Condenado à morte no Brasil, Antônio Gonçalves da Cruz residiria na Filadélfia pelos próximos 11 anos. Soube que, a 5 de julho de 1817, Antônio Henriques Rabello foi enforcado e esquartejado em Pernambuco; a 10 de julho, Domingos Teotônio Jorge, José de Barros Lima e o padre Pedro de Souza Tenório também tiveram o mesmo destino. Em 21 de agosto, Francisco José da Silveira, José Peregrino Xavier de Carvalho e Amaro Gomes da Silva Coutinho foram enforcados e esquartejados. Que a 6 de setembro de 1817 fora a vez de Inácio Leopoldo de Albuquerque Maranhão e de Antônio Pereira de Albuquerque, também enforcados e esquartejados. E que 117 homens ficaram encarcerados em Salvador durante quatro anos. Cabugá soube ainda que, em fevereiro de 1818, D. João VI ordenou o fim da devassa da revolução, e a 6 de fevereiro daquele ano foi aclamado e coroado rei do Reino Unido de Portugal, Brasil e Algarves, d'Aquém e d'Além-Mar em África, Senhor da Guiné e da Conquista, Navegação e Comércio da Etiópia, Arábia, Pérsia e Índia etc. O juramento do rei, numa festa lindíssima que encantou o Rio de Janeiro, foi o seguinte: "Juro e prometo com a graça de Deus vos reger, e governar bem, e direitamente, e vos administrar direitamente justiça, quanto a humana fraqueza permite; e de vos guardar vossos bons costumes, privilégios, graças, mercês, liberdade, e franquezas, que pelos reis meus predecessores vos foram dados, outorgados, e confirmados". Os dois filhos do rei, Dom Pedro e Dom Miguel, também fizeram juramentos e beijaram a mão do pai.

O corpo de Cristo

Amanheci hoje numa impaciência terrível. Nem eu mesma estou me aguentando, acho que por esses dias a menstruação desce. Todo mês esse inferno! Mas na verdade não é só TPM, não. Tem mais a ver com esse maldito celular e com a expectativa de receber a ligação. Isso está me deixando maluca! Será que ele vai ligar e me convidar para o Acampamento de Jesus? Se não o fizer, vou ter de tomar outras providências. Até já arrumei minha mochila e coloquei nela a Bíblia que ele me deu, marquei e decorei os versículos que mencionou no último culto e outros que falam de amor. Será que ele vai ligar? Jesus sabe o quanto eu quero servir a Deus acima de todas as coisas. Desde que aceitei Jesus na igreja, tudo na minha vida parece mesmo melhorar. Assim é, e estou aqui mais uma vez desabafando meu coração nas páginas desse diário, que não sei até quando vou manter. O certo é que escrever aqui me acalma. É uma espécie de catarse, ou terapia, sei lá que coisa é essa que sinto quando escrevo aqui. Sinto-me plenamente realizada quando escrevo — e quando frequento a igreja, que é o verdadeiro corpo de Cristo na Terra. Curioso, ao escrever "corpo de Cristo", me lembrei daquele tempo em que morava no interior. Quando estudava numa escola de uns padres da Igreja Católica e, mesmo minha família sendo muito religiosa, eu achava tudo aquilo um saco! Eu não era uma criança religiosa, mas era excelente aluna e adorava estudar, aprender coisas sobre a vida, sobre o mundo. Acho que quando a gente tem quatorze anos ainda está meio sem rumo na vida, como eu estava naquele tempo. Por outro lado, guardo recordações tão boas, tão engraçadas. Como vou esquecer-me do Marcelinho e também da Clarinha, das meninas todas, daquela turma tão bacana? Como esquecer também o padre Otávio. Aquele padre Otávio, hem? Mas a minha lembrança mais doce é a do Marcelo. Ele não era natural da cidade. Veio transferido de uma escola da capital, pois o pai dele era um figurão da fábrica de laticínios, e a família foi morar lá. Marcelo, que fim terá ele tomado na vida? Era a coisa mais linda que até então eu tinha visto. Aquele rosto lindo que me encantou desde o início, nunca me saiu da cabeça. Lindo, lindo como — não sei como o quê, até hoje não encontro nada que possa dar uma ideia de como ele era lindo com aqueles olhos cor de mel, o cabelo cheio de cachinhos. Parecia aqueles querubins que víamos no altar central da igreja. E me apaixonei perdidamente por ele. Apaixonei-me de cara, no primeiro dia de aula, à primeira vista. Foi um troço meio doido. Não escutei nem uma vírgula do que os professores diziam nem despreguei os olhos dele naquele dia. Foi um desatino terrível. E mesmo ele tendo ficado depois muito meu amigo, não me dava muita atenção, não. Fora da sala de aula, no recreio, às vezes eu armava mil artimanhas para conversar com ele, um pouquinho que fosse, mas nunca deu lá muito certo. A galera armava uma algazarra tremenda, e terminava que ninguém ficava muito tempo conversando com uma pessoa só. Além disso, os meninos nessa idade são meio idiotas, só querem saber de jogos eletrônicos, lutas ou futebol. Se juntam em bandos, e as meninas, como também querem saber de outras coisas, ficam meio que de lado. Marcelo gostava de jogar voleibol e quase sempre, depois das aulas de educação física, armava um time para jogar na quadra. Tinha certa dificuldade em montar times completos, pois os poucos garotos da idade dele que existiam na escola preferiam o futebol. Um dia, estávamos eu e a Clarinha sentadas em um banquinho próximo à quadra de vôlei, observando ele jogar acompanhado de outros três meninos. Eu tinha arrastado a Clarinha ali quase à força, sob a promessa de emprestar a ela meu fone de ouvidos sem fio. Já eram quase cinco horas da tarde, não haveria mais aulas de educação física naquele dia. O Marcelo jogando vôlei, e a gente ali olhando. Eu doida para puxar assunto com ele, sem parecer, entretanto, que era uma menina intrometida ou oferecida. Em dado momento, dois dos meninos resolveram sair do jogo, e a coisa mais insólita do mundo aconteceu: Marcelo, depois de protestar com os meninos, que mesmo assim foram embora, pareceu notar a nossa presença. Veio até onde estávamos e disse: "Olá, vocês não querem jogar um pouco com a gente?". A maluca da Clara foi logo respondendo: "Mas a gente não sabe jogar vôlei". Fuzilei ela com os olhos e rebati na hora: "Não seja por isso, a gente aprende rapidinho e ajuda vocês a treinar". Foi o que aconteceu. Marcelo sempre muito educado e respeitoso passou a nos ensinar algumas regras como a quantidade de jogadores de cada time, falou das marcas na quadra, de como determinados movimentos seriam marcados como falta, da contagem dos sets e dos pontos e até macetes de como bater na bola. A princípio ele ficou com a Clarinha formando um time imaginário de um lado da quadra, e eu fiquei com o outro garoto — até hoje não sei o nome daquele menino — formando o outro time. Treinamos somente saques e defesas por uma meia hora. Depois jogamos meninos contra meninas, mas só fazendo saques, defesas e rebotes até a bola cair no chão. Então trocávamos de lado e recomeçávamos os mesmos movimentos. Em um desses rodízios em que Clara e eu íamos aprendendo a jogar cada vez mais, ela fez um saque bem forte, e o outro menino, que estava no fundo da quadra, rebateu. Eu consegui espalmar a bola, que voltou para o outro lado. Marcelo rebateu na minha direção, e eu bati de volta novamente. A bola subiu do lado deles bem alto e quando desceu, o outro garoto pulou para defender. Só que, nesse momento, ele se desequilibrou e percebeu que ia cair de lado, bem atrás do Marcelo. Foi a coisa mais sinistra do mundo! O menino, numa fração de segundo e no reflexo de se apoiar contra o impacto da queda, agarrou com uma das mãos o short do Marcelo, que desceu com cueca e tudo até o meio das coxas dele, bem de frente para mim! Bem na minha cara! E eu vi! Eu vi o pênis dele! Gente do céu! Oh, meu Deus, não devia escrever uma coisa dessas, mas foi isso mesmo que aconteceu. Eu vi aquela coisa toda! E isso levou centésimos de segundo, porque o Marcelo puxou o mais rápido que pôde os shorts de volta. Engraçado eu escrever isso tudo hoje com saudades daquele tempo. Na hora me deu uma vontade incontrolável de explodir de rir, mas como a Clara, pela distância e pela pouca luminosidade, acabou não dando conta direitinho do que aconteceu, e o menino estava caído no chão se contorcendo de dor e com o joelho partido de sair um pouco de sangue, a coisa passou batida e caiu no esquecimento. É abafar o caso, eu pensei comigo na hora, mas doida de vontade de rir, de rir intensamente, de me embolar de rir no chão ali mesmo. Mas eu não faria isso, quem ia imaginar que algo assim pudesse acontecer? É verdade. ****** Desenhei essas estrelinhas agora para tentar desviar o pensamento. Para não lembrar assim com tanta força daquilo. Mas como não lembrar? Depois daquela tarde, fiquei quase uma semana sem dormir direito. Teve um dia que acordei molhada. Achei que estava menstruada e olhei com nojo de ver o sangue escorrendo entre as minhas pernas. Mas não era, era outro tipo de líquido. Depois eu tive um sonho amalucado, e o pior é que, naqueles dias, eu não sabia bem dessas coisas. Tinha estado — depois do jogo na quadra — em um sítio de meu tio onde vi um cavalo cobrindo uma égua. Pensei quando vi aquilo: como é que pode acontecer uma monstruosidade dessas? E depois tive esse sonho maluco em que o Marcelo era um cavalo correndo atrás de mim. Tudo aquilo era um mundo novo, mas quando eu ficava pensando naquilo, sentia um prazer... Eu quase endoideço naqueles dias. Ainda hoje sinto uns apertos aqui por dentro quando me lembro de tudo aquilo. A minha derrota completa, no entanto, não foi nada disso, foi muito pior. Nos dias que se seguiram, embora eu tenha feito de conta que nada tivesse acontecido — não contei nem a Clara nem a ninguém —, procurei agir com o Marcelo de modo natural. Entretanto ele ficou arredio comigo e me evitava a todo custo. Se eu estivesse em algum ponto do colégio, no corredor, na cantina ou na biblioteca, ou ainda em uma roda de amigos e ele me visse, mudava na mesma hora de direção, ou simplesmente dava meia-volta e se afastava sem sequer me olhar. Deixou de me dizer "oi" ou "tudo bem?" e não dizia nem mais "bom dia" quando acontecia de nos encontrarmos de manhã cedo ao chegarmos ao colégio. Do meu lado fiquei por meses perplexa a me perguntar o porquê daquela atitude radical da parte dele. Afinal, eu não havia feito nada. Até que chegou novembro, e os padres resolveram fazer a primeira comunhão de alguns alunos. Eu não havia feito ainda a minha, e Marcelo também não, de modo que fomos colocados numa pequena turma de uns quinze alunos de toda a escola para assistir a uma série de palestras feitas pelo padre Otávio ao longo de uma semana. Eram os preparativos para a comunhão, que incluíam aulas de canto de músicas sacras com a professora Marlene. Em uma dessas aulas, cheguei atrasada na igreja e não vi Marcelo entre os alunos. Quando a aula de canto terminou, dona Marlene me pediu para chamar o padre, que estava com o Marcelo na sacristia, instruindo-o a como proceder na hora da missa com o incenso. Eu fui e, ao me aproximar da sacristia, pude ouvir a voz do padre dizendo a Marcelo: "Você vai dar um excelente coroinha. Um coroinha divino! Uma das atribuições do coroinha é manusear o turíbulo, que é este vaso de prata utilizado para incensar o ambiente durante a celebração da missa". Nesse exato momento, eu cheguei à porta da sacristia. O padre continuava: "Vê? Ele é suspenso por pequenas correntes, e dentro dele se queima o incenso. Há uma forma correta de manusear. É conveniente que o coroinha levante a parte que prende as correntes na altura do peito com a mão esquerda assim, deixe-me mostrar". E o padre Otávio postou-se atrás de Marcelo, muito próximo de seu corpo, e com a mão direita segurou a de Marcelo e levantou-a. "Depois você, com a esquerda à mesma altura, faz o movimento de ida e volta. No movimento feito com o turíbulo é possível observar dois elementos: o ducto e o icto. O icto são as idas do vaso para frente; o ducto, o total de idas desse movimento. O incenso possui significado especial na celebração. Assim como a leveza de nossa alma contrita, a pureza da fumaça aromatizada pelo incenso sobe aos céus e leva nossas intenções e orações. É dessa forma que elas chegam ao colo de Deus, a seu amor paternal". Foi nessa hora que o padre, já quase a abraçar Marcelo por trás, olhou em minha direção e ficou vermelho como um tomate. Eu assustei-me com aquilo e voltei correndo para onde todos estavam esperando o padre. Fiquei depois, em casa, mastigando a cena e me lembrando do que presenciei na sacristia. Marcelo era mais velho que eu, tinha na época quinze anos, mas com atitudes de doze, sei lá, meio bobão ou meio fresco. Fiquei um tempão repassando aquela cena e desconfiei então que o Marcelinho — como o padre o chamava — estava muito satisfeito naquela posição de aprendiz de coroinha ou, no mínimo, muito à vontade. Agora, escrevendo isto aqui depois de quinze anos, é como se eu fosse descobrindo uma série de fatos interessantes sobre os quais não refleti, não considerei quando aconteceram. Já não tenho mais a ingenuidade daquela menina que um dia fui. Vejo as coisas por outro prisma. Eu sabia que o padre tinha me visto na porta da sacristia, embora ele não tivesse mencionado nada. Eu sabia, e a certeza de que ele tinha me visto é que passou a me tratar de maneira estranha. Até meio agressiva. No dia da confissão, obrigatória a todos os alunos que fariam a primeira comunhão, chegou a minha vez. Ajoelhei-me no confessionário trêmula de medo. Do outro lado, a voz grave do padre Otávio ressoava: "Conte os seus pecados, minha filha". "Acho que não tenho muitos pecados padre, além de não gostar muito de estudar" — disse querendo feri-lo de alguma forma. "Todos nós temos pecados, minha filha. E, na sua idade, não gostar de estudar denota que algo de muito ruim vai lhe acontecendo" — retrucou ele. Subitamente me arrependi das minhas palavras pois saquei que ele tinha o poder de me impor algum castigo. E então falei rápido: "Mas estou me esforçando muito para melhorar, padre". "Sim, estou vendo. Minha filha, o demônio tem muitos subterfúgios. Às vezes nos faz ouvir coisas. Às vezes nos faz até ver coisas absurdas que parecem pecado, mas não o são. E se você não estiver preparada, com uma fé inabalável em Deus, Nosso Senhor, pode se deixar influenciar e dar ouvidos aos apelos de Satanás. Você tem visto alguma coisa estranha por esses dias?". "Não, senhor" — respondi reticente. "Não tenha receio de me contar, de ocultar nada de Deus, que está te escutando aqui. Não sou eu, mas o filho Dele, Nosso Senhor Jesus Cristo, que está aqui. Pode falar, minha filha. Você está ouvindo, Letícia?" "Sim, padre. Estou ouvindo". "De modo que há sempre a necessidade de orar muito. Orar e vigiar para que o demônio não lhe engane, não plante loucuras na sua cabecinha nem a faça dizer coisas horríveis. Sim, porque ainda pior que ver e ouvir coisas absurdamente engendradas pelo mal é satisfazê-lo falando o que ele quer que você fale. O silêncio vale ouro, minha filha, pois seus inimigos, não sabendo de seus pensamentos mais íntimos, jamais poderão tirar proveito disso. Está compreendendo bem?". "Sim, senhor". "Oremos um pai-nosso juntos, sinto que você está precisando muito. Está precisando se concentrar unicamente em seus estudos e não deixar que ilusões diabólicas se intrometam na sua vida. Repita comigo: Pai nosso que estás no céu, santificado seja..."

Finalmente chegou o dia da primeira comunhão. E aconteceu que, na hora da eucaristia, Marcelo era o último da fila dos que receberiam a hóstia. Eu, a primeira. De modo que recebi a hóstia e fiquei a uns dois metros ao lado do padre. Ele ia distribuindo as hóstias para os meninos e não dizia nada. Quando chegou a vez de Marcelo, o padre, ao colocar a hóstia na boca dele, disse: "Receba o Corpo de Cristo, meu filho". Tantos anos se passaram depois disso, e eu aqui a recordar essa memória que não me deixa. Às vezes eu penso que deveríamos não ter memória, essa coisa que pesa toneladas na consciência da gente. Mas... o que fazer?

Depois a minha vida tomou um rumo inesperado. Passados dois ou três anos, meu pai largou minha mãe por causa de uma garota de dezoito anos que ele conheceu na roça. Minha irmã mais velha se mandou no mundo, ninguém sabe para onde, enrolada com um ator de teatro mambembe que apareceu na cidade. Meu irmão mais velho se meteu a vender maconha e hoje está preso em Tremembé. Eu vim para Sampa com minha mãe, que está cega de um olho por causa de um glaucoma. Hoje ela mora comigo aqui em Itaquera, nesse minúsculo quarto e sala. Quando viemos para São Paulo, eu ainda consegui trabalhar por quase dez anos em um escritório de contabilidade no Centro e comecei a cursar a faculdade de contábeis. Mas depois, com tudo o que aconteceu no Brasil, veio esse desemprego medonho, e já vai completar dois anos que não consigo nada com que trabalhar. Sou revendedora de perfumes da Jequiti, mas o que tiro por mês mal dá para comer e pagar o aluguel. Hoje temos de ser empreendedores, como dizem na televisão, o que significa que quem está desempregado deve mesmo virar camelô. Esse negócio de ser empreendedor me faz lembrar também do Amadeu, um dos poucos namorados que tive, e que nunca amei como o Marcelo. O Amadeu era um cara ingênuo demais, coitado. Entrou de cabeça nessa onda de empreendedorismo que assola a legião de desempregados do país e ficou sonhando que, de um *food truck* montado na carroceria de uma Kombi velha, ia chegar muito em breve a ser dono de uma rede internacional de lanchonetes. Até chegar a vigilância sanitária e caçar a licença dele. Coitado do Amadeu. A gente andou se pegando por uns tempos, mas eu também não tinha ~~tesão, isso é palavra que se escreva (?), quanta vulgaridade~~. A gente não tinha muita química. Melhor assim. E com tanto aperto de vida, tanta miséria, tanto crime, tanto tudo de ruim, eu voltei o meu coração a Deus. Verdadeiramente. Eu precisava muitoooo Dele. E descobri a Igreja Global do Reino de Deus. Aí sim aprendi a valorizar a presença Dele em minha vida. Foi quando conheci também o pastor, que vem me dando uma força danada, e é lindo, lindo de viver, mais lindo que o Marcelinho. E não é casado. Dizem que deixou uma noiva lá no Rio Grande do Sul e veio para Sampa atuar no Ministério do Senhor. Quando ele prega na Igreja é um sucesso. Não tem quem não encha os olhos de lágrimas quando ele prega. No último culto ele explicou detalhadamente o que é o corpo de Cristo que a Igreja Católica tanto deturpou. Segundo o pastor, o significado de corpo de Cristo está ligado à igreja de Deus. Quando Jesus Cristo estava entre nós como homem, ele iniciou uma obra, a nova aliança de seu sangue. Isso está em Mateus 26:28, que eu já decorei. Após a Sua morte, Sua presença física não era mais possível, pois Ele subiu aos céus (Atos 1:11). Mas Jesus estabeleceu Sua igreja como sendo Seu próprio corpo aqui nesta terra, ou seja, como se Ele estivesse presente por meio de Seus servos: "Ora, vós sois corpo de Cristo; e, individualmente, membros desse corpo" (1 Coríntios 12:27). Esse texto mostra que cada servo de Deus forma o corpo de Cristo. A Bíblia também diz que Jesus Cristo exerce o papel de cabeça desse corpo, ou seja, a liderança plena pertence a Jesus, e não a qualquer líder humano: "seguindo a verdade em amor, cresçamos em tudo naquele que é a cabeça, Cristo". (Efésios 4:15). Sendo a cabeça o próprio Jesus, esse corpo tem todas as possibilidades de trabalhar unido, formando um organismo forte e vigoroso, com a contribuição de cada uma das partes, que são essenciais. Os membros do corpo de Cristo que constituem a nossa Igreja são os legítimos representantes Dele, a quem cabe interpretar Seu pensamento e as escrituras. E para isso não precisamos nem de papas, nem de imagens de santos, hóstias, novenas, procissões, nem mesmo de querubins ou incensos. É tudo ali ó, na letra da Bíblia sagrada. Ah! O pastor é mesmo um iluminado. Dias desses depois do culto, ele me lançou um olhar tão doce e tão puro que eu me arrepiei e senti os pelinhos do meu braço eriçados. Me deu uma olhada daquelas e quando chegou perto de mim perguntou baixinho: "A irmã jovem assim ainda não se casou?". Respondi: "Tá vendo, pastor? Com vinte e 'seis' anos, Deus ainda não me mostrou o escolhido para a minha vida". E ele ficou conversando comigo e me disse que a igreja estava precisando de uma pessoa para trabalhar na contabilidade de todos os templos do estado de São Paulo. Depois ainda ficou me olhando tão fixamente que eu fiquei sem jeito até. E esse telefone desgraçado que não toca? Eu sei, tenho certeza de que Deus está me reservando essa grande Benção. Eu sei, Deus não há de me abandonar. De qualquer forma eu tenho de ser muito discreta, porque nesse mundo de tanta maldade, já viu, né? É então que me recordo novamente do padre Otávio, quando ele me disse: "O silêncio vale ouro, minha filha, porque seus inimigos, não sabendo de seus pensamentos mais íntimos, jamais poderão tirar proveito disso". O padre tinha razão. Ao menos nisso. Preciso queimar este diário!

•

As mãos de unhas muito bem cuidadas e pintadas num esmalte rosa-claro angelical fecharam rapidamente o diário porque o celular, que estivera todo o tempo mudo e apagado ao lado, repentinamente vibrou, e no *display* apareceu a identificação de uma silhueta masculina. Não havia foto de quem estava ligando, mas, logo abaixo do corpo virtual desenhado no celular, podia-se ver um número acompanhado da identificação: Pastor Daniel.

— Alô? Olá, pastor. Mas que coisa incrível, acabei de pensar aqui no senhor. Sim. Coisas muito boas, claro. Pode falar, pastor. Sei... Para o acampamento? Sim, é verdade. Claro, claro, é preciso. Jesus está vendo. O quê? Sim, estou ouvindo bem, a ligação está cortando um pouco, mas posso ouvir bem. Claro, como não? Pode contar comigo, nos vemos lá então. Hã? Como é que é? Sei, compreendo. Para mim está ótimo! Vamos juntos? Melhor ainda. Pode contar também com todo meu empenho, pastor. Espero-o aqui então. Até mais.

Dois velhos... ou quase velhos

— Vai fazer o quê agora à noite? Tem algum texto para concluir?
— Olá, tudo bem? Não, hoje não.
— Então já que não tens, vamos lá para o Lanterna?
— Sabe que eu até gostaria? Mas é que estou meio sem grana e...
— E nada! Grana não é problema. Sei que você está quebrado, que as editoras não têm mandado trabalho, e essa coisa toda, mas eu pago. É por minha conta. Não esquenta com isso não. Tudo por minha conta. Vamos?
— E estou com um pouco de dor de cabeça também.
— Sim, mas isso também não é problema nem razão para ficar aí sozinho numa noite dessas. Fazer o quê? Tomar remédios? Vamos beber aquela cerva gelada. Garanto que passa a dor de cabeça.
— Você é uma comédia. O sujeito está com dor de cabeça e vai beber? Tá maluco, é? Está nesse fogo todo por que recebeu promoção no trabalho, foi?
— Qual? Aquilo lá continua a mesma merda, sem chance. É ali ó, no guante, todo mundo na coleirinha. Eu não aguento mais, aliás, não tô aguentando também uma porrada de coisas. Você sabe o que me aconteceu essa semana, logo na segunda-feira?
— Hum...
— Ah, uma tristeza inominável, como você gosta de escrever, mas de fato foi isso mesmo. Bem, na segunda, quando voltava para casa, tinha saído mais cedo porque morreu um sacana velho lá da diretoria, e liberaram todo mundo para ir ao enterro. Como não suporto essa onda de enterro, me piquei para casa, lógico. Foi quando tomei o metrô que estava incrivelmente vazio naquele

horário. O trem parou na estação do Acesso Norte. As portas se abriram, e ninguém desceu. E você sabe o que aconteceu?

— Estou esperando para saber.

— Rapaz, entrou no vagão uma morena! Aquilo não era mulher não, era um avião inteiro! Uns 25, 30 anos com certeza.

— Olha que pedofilia da cadeia, viu?

— Pedofilia um caralho! Que pedofilia que nada! Aquela mulher com um rabo daqueles? Mas um rabo que só você vendo. Um negócio de enlouquecer.

— Sei, e daí?

— Daí que ela veio andando com aqueles sapatinhos altos, veio andando em minha direção, na direção do banco em que eu estava sentado, porque o assento ao lado estava vazio, e sentou-se bem ali ao meu lado com aquele perfume delicioso, tão doce, tão gostoso. E a bandida tinha uma carinha linda, uma boca, um nariz, uns olhos e aquele cabelo sedoso. Tudo bem ali, ao alcance da minha mão. Então, um minuto depois de o metrô começar a se movimentar, ela olha para mim, sorri e pergunta: Quanto tempo leva até a estação do Aeroporto? Fiquei todo animado pensando que era a oportunidade de puxar assunto e tal, mas não sei, não sei que diabo deu em mim. Meu coração começou a bater forte, e comecei a tremer. Na hora não me ocorreu absolutamente nada que pudesse falar — acho que ela notou meu nervosismo —, só consegui responder laconicamente, quase gaguejando: Uns trinta minutos. E fiquei ali, com as mãos suando frio, pedindo a Deus que aquele trem quebrasse no meio do caminho, empacasse nos trilhos, e nós ficássemos presos nele por um tempão. Ia imaginando mil e uma coisinhas deliciosas com aquela criatura, até o momento em que ela recebeu uma mensagem no celular, um zap. Rapaz, você precisava ver a velocidade com que ela digitava as respostas apenas com os polegares. A certa altura o alguém do outro lado da linha, que estava trocando mensagens com ela, deve ter se aborrecido e resolveu chamar ao telefone. Ela atendeu bem baixinho: Oi, amor, já não acabei de lhe responder que em trinta minutos estarei aí? E ao falar trinta minutos, olhou para mim como que buscando a confirmação do tempo, e eu sorri e balancei a cabeça afirmativamente. Ela continuou: Não esqueça que vou ter de pegar um táxi depois. Quando você chegar, relaxe e me aguarde. Então ela desligou o celular, me olhou e ia esboçando um risinho muito bonitinho, se aproximando mais do meu rosto, apurou o olhar, e nesse ponto eu quase estouro de emoção. Mas aí, sabe o que ela disse? Sabe? Assim na tampa da minha cara?

— Fala logo, porra.

— Meu amigo, meu irmão, ela disse: Ih, tio, tem uma sujeirinha aí na sua boca. Rapaz, quando ela me chamou de tio, o mundo caiu na minha cabeça. Que porra é essa? Será que estou tão velho assim? Que porra é essa? Olhe, se ela tivesse me chamado de doido, de maluco, de veado ou de qualquer coisa, não ia doer tanto assim. Minhas vistas chegaram a escurecer. A sorte é que a voz do alto-falante do vagão já anunciava a chegada à estação do Imbuí. Cara, que sensação horrível. Limpei a boca, agradeci, me levantei e desembarquei trôpego ali mesmo. Nem era a minha estação. Fiquei em pé, sozinho com aquele chumbo no coração. Parecia que eu ia perder a razão, não conseguia pensar em nada. Deu-me na cabeça até de atirar-me ali mesmo, nos trilhos do metrô. Eu que nunca cogitei isso na minha vida. Mas, você sabe, aquele choque me deu uma gana suicida na hora. Juro que deu. Alô?

— Oi, estou ouvindo.

— Pois foi uma tristeza amarga, meu amigo.

— Sei como são essas coisas, e como sei. Você pensa que não passo por situações semelhantes?

— Cara, como é que pode? O pior é que, desde segunda-feira, venho pensando nisso. O mais difícil é à noite. De dia, esqueço um pouco. Mas à noite, quando me deito, fico recordando aquela boquinha linda me chamando de tio... Puta que pariu! É o fim. Depois desse episódio as noites estão insuportáveis. Esforço-me o quanto posso para não lembrar, concentro-me em outras coisas, mas é impossível. Que absurdo! E a esse vão se juntando tantos outros absurdos que até perco a vontade de continuar vivendo. Olhe você para a minha vida, a minha só não, as nossas! Trabalho o dia todo como um cão danado, não vou a festas, não pratico esportes. O máximo que faço é levar a minha cachorrinha, Marrí, para passear toda noite, quando chego do trabalho. Ler como você, que passa o dia todo lendo, não gosto e nem posso. Estou falando isso, mas sei, sei que você só fica assim porque está desempregado. A gente tá fodido nesse país, e não sei quem está pior: se é você, sem emprego certo, ou se sou eu, ganhando miséria como funcionário público. E nem você nem eu podemos nos aposentar porque não temos nem idade nem tempo de contribuição. E com essa baderna de reforma da Previdência, não sabemos se vamos conseguir nos aposentar antes que nos joguem em alguma vala de cemitério como indigentes. E o fulano lá em Brasília querendo transformar as praias do Rio de Janeiro em Cancún, liberar geral as armas de fogo, alterar as regras de trânsito, meter de qualquer jeito um evangélico no Supremo Tribunal Federal. E o país se esfacelando, se derretendo. Fico me perguntando: Quem? Quem botou aquele cara lá? Quem?

— Você está um limão azedo hoje. E tudo por causa de uma mulher. Quem diria.

— Mas não é? Assim não sei aonde vou parar. É tanta dificuldade para viver nesse inferno, é violência pra todo lado, é desconfiança generalizada, é só tristeza. Taí, essa experiência com a gatinha do metrô me serviu para uma coisa: foi para acabar de me afundar ainda mais. Depois que fiquei viúvo, então... Essa solidão, um desencanto, uma aflição, um vazio e uma nostalgia filha da puta, cara.

— Sinto muito, meu amigo. Sinto mesmo. Mas se olharmos por outro lado, pelo menos daqui a alguns poucos anos vamos poder andar de metrô gratuitamente.

— Isso não tem graça nenhuma! Tá vendo? É só falar em metrô que me lembro de tudo novamente. Mas quer saber? Essas putinhas novinhas ficam aí tirando a maior onda de gostosas, desfilando para cima e para baixo sem saber o que as aguarda num futuro bem próximo, mais brutal que para nós, homens: o amanhã para elas é muita celulite, muita barriga e peitos e bundinhas flácidas. Uns verdadeiros bagaços é o que essas vaidades vivas vão virar. Essas putas! Xiii! Por falar nisso, será que ela não era garota de programa? Agora me ocorre: a bolsinha rosa-choque brilhante, a calça de malha apertando-lhe as carnes, os peitos quase pulando de dentro da blusinha — e indo em direção ao aeroporto às duas horas da tarde de uma segunda-feira? Aquela região não é coalhada de motéis?

— Realmente é uma possibilidade, embora eu ache que você está com uma imaginação terrível de ficcionista frustrado em imaginar algo assim. Mas uma coisa é verdade: lá tem mesmo muitos motéis.

— Está é por dentro, hem, seu bandido? Com toda certeza anda frequentando assiduamente, né, não?

— Por quem você está me tomando? Eu sou lá de andar em motéis? Toda hora vemos propagandas na televisão...

— Meu amigo, falando sério. Tudo isso me dá uma tristeza danada. Quando lembro que as mulheres que eu conhecia, com quem vivi, que me criaram, que me orientaram na vida, que todas elas já morreram, me dá um aperto aqui por dentro. Minha avó, minha mãe, minha esposa, as tias... Todas já se foram. Assim não sei aonde vou parar. Essa solidão insuportável, esse não

ter com quem conversar. E quando você se interessa por uma mulher, ela lhe chama de tio! Que desgraça. Eu... eu... estou perdendo a noção também. Olhe, sabe de uma? Que se foda esse mundo, esse país, essas putas metidas a gostosas. Que se foda tudo! E que tristeza...
— Alou?
— ...
— Alou? Você ainda está aí?
— Estou.
— Responde então, caralho! Você bebeu hoje?
— Não. É que me emocionei um pouco aqui. Espera. Desculpa.
— Bicho, eu entendo e sinto muito. Mas não fique assim. Me responda uma coisa, uma coisinha só. Você queria voltar no tempo e viver tudo de novo, inclusive sem a experiência de vida que você tem hoje?
— Não, aí também já seria demais. Sofrer tudinho novamente? Aí não!
— Pois é. É sempre aquela historinha: todo mundo quer ir para o céu, não é mesmo?
— É.
— Mas ninguém quer morrer! Como é que pode?
— É. Tá vendo por que é sempre bom conversar com você? Além da companhia, me faz ver certas coisas mais claramente. Então? Vamos lá para o bar? Quem sabe não encontramos duas tiazonas bem-apanhadas e perdidas no mundo?
— Não seria nada mau se encontrássemos, mas fica para outra oportunidade.
— Bora, caralho! Por favor.
— Não, vou mesmo ficar por aqui. Divirta-se lá e tome uma por mim.
— Vou sim e não quero mais falar, não quero ouvir mais nada de você. A vida é mesmo um absurdo. Vou ficar sentado à mesa

com a minha cerveja. Quero apenas isso, é o que me resta. Ficar sentado num bar bebendo cerveja sozinho. Tchau!
— Tchau.

Dez minutos depois...

— Alô, boa noite. Gostaria de pedir um táxi. Sim, para esse endereço que vocês têm aí cadastrado. Não, não. Pagamento em dinheiro. Daqui para a Pituba. A rua eu não tenho muita certeza de qual é, mas creio que será fácil encontrar, pois estou indo a um bar muito conhecido. Não, restaurante não. Um bar. O motorista certamente sabe onde fica. Eu sei, senhora. Se não encontrarmos, paramos e perguntamos a alguém, não é? Basta informar aí pelo rádio, minha filha, que é na Pituba. Pi-tu-ba! Entendeu? Sim, quanto tempo demora? Cinco minutos? Ah, ia me esquecendo de dizer: o bar se chama A Lanterna dos Afogados.

O casamento

Como havia chegado antes do horário previsto para a cerimônia, deixei-me estar ali, à porta da chácara que fora estilizada para eventos, junto com o pai da noiva, que, radiante, ia recebendo os convidados. O bom homem não se continha de felicidade ao ver mais uma de suas filhas principiar nova etapa de vida e ia também apresentando-me. E assim conheci, e apertei mãos, e ganhei beijinhos e abraços inúmeras vezes. Diante de mim desfilou toda uma galeria de personagens. Havia desde o pequenino pajem, sobrinho da noiva, até um tio-avô. Crianças, adolescentes, casais, colegas de trabalho, tios, primas, amigos de amigos de fulano e fulana, de todas as cores, alturas e idades. Um verdadeiro filme ia se desenrolando dentro de mim com aquela pequena amostra dos mais variados tipos humanos.

Era um sábado chuvoso, e como a cerimônia seria realizada ao ar livre, em um gramado muito florido, havia o temor dos transtornos do tempo. Os minutos iam se sucedendo sem que a noiva desse o ar da graça. Em dado momento, naquela balbúrdia que os convidados fazem questão absoluta de fazer, surge do nada um senhor já bastante idoso dizendo-se pai do noivo. Pai adotivo do noivo, afirmou ele ao tempo em que me apertava a mão. Uma voz feminina pouco mais atrás de mim perguntou a outrem: Mas e o pai do noivo? O verdadeiro morreu? Outra lhe responde: Não, menina, não é morto, não. Dizem que... E não pude mais ouvir porque uma terceira voz, também feminina, as interrompeu quase a gritar: Amélia, como você está linda! Está um arraso! *Fashion!* Isso durou segundos, pois logo outra criatura, creio que do cerimonial, começou a juntar casais e mais casais a formar uma espécie de fila de padrinhos. Minutos e minutos intermináveis se passaram, nos quais a gravata torturava-me ao pescoço. O terno, algo que não estou habituado a usar, me oprimia os ombros, e, para piorar a situação, o noivo em pessoa aproximou-se de mim e abraçou-me tão forte que pensei que me partiria os ossos. Disse-me: Estou muito feliz que tenhas vindo. Sabe? Chegar até aqui não foi fácil, uma luta terrível. Respondi-lhe: Pois bem, aí tens a merecida vitória que é o dia de hoje. Sorrimos afetuosamente, mas fomos interrompidos pela mestra de cerimônias, ou seja lá qual nome tenha, que implantou um raminho de flores no bolso do meu paletó, ao tempo em que ia juntando os casais de padrinhos — atualmente, são muitas as testemunhas — e eu no meio daquilo, sem par, sem ninguém, até que me chamaram pelo nome, e lá me fui ao ponto em que estavam três moças, aparentemente sem par — ou porque o gênero masculino está escasso, ou porque o número de mulheres supera o de homens, não sei. O certo é que me foi destinada como par alguém que me disse ter trabalhado com a noiva em tal lugar assim assim, e que eram muito amigas etc. Isso dito com a fila em movimento, que se postaria em determinado ponto até que se desse início à cerimônia. Na rabeira da fila ficaram de braços dados as outras duas moças. Todos ali eram amigos entre si, e eu pensava cá com meus botões se poderia perguntar a minha dama de companhia o que ela sabia sobre o pai do noivo, o verdadeiro. A moça a nossa frente começou um diálogo misterioso entremeado de sinais e risinhos com as duas moças do fundo. A que estava ao meu lado participava também, e a gravata a me apertar o pescoço, as orelhas a queimar, meu Deus! Que aflição! E nada da noiva. Até acontecer um fato insólito. A moça que estava com o braço metido no meu, em determinado momento, disse para a organizadora do evento: olhe, vou trocar de lugar com minha amiga aqui de trás e vou com a outra amiga. Assim a vida às vezes nos prega peças, inverte papéis no último instante, embaralha os dados do acaso. Seja como for, depois de tantos e tantos anos vividos não consigo entender as mulheres. Francamente. Ela de modo muito delicado retirou o braço do meu: Minha amiga aqui vai com você. E foi então que outro braço meteu-se no meu, e vi uma menina linda, bem ao meu lado, e que sorria e lançava olhares insistentes para os fios grisalhos de meus cabelos. A gravata se me afigurava como a corda de um enforcado. Começou a tocar a música de entrada dos padrinhos, seguidos pelo noivo e respectiva mãe, depois entrou o pai adotivo do noivo com a mãe da noiva, e todos a esperar. Nesse ínterim, pouco me foi possível falar com Mara — este o nome do novo par —, a não ser da minha preocupação com o horário do retorno. Estava em outro estado, a cinco horas de viagem, e se aproximava a hora marcada com o motorista que me levaria de volta até a rodoviária. Quando sentamos em cadeiras próximas ao altar, pedi a Mara que, no momento oportuno, explicasse à noiva minha ausência na festa. Por fim surge a noiva, caminhando com o pai até o altar. O noivo lhe estende a mão, e nesse exato momento, ante um olhar ao relógio, aflijo-me mais ainda: era a exata hora marcada com o motorista. Era preciso uma atitude. Como retirar-me sem ser notado? A isso poderia contornar de modo satisfatório pois os olhares estavam voltados para os noivos. Mas como abandonar uma companhia tão linda e de modo tão repentino? Retirei com cuidado o raminho de flores de meu paletó e disse: Para você, obrigado pela companhia. Ela, depois de olhar muito séria para o raminho disse: Obrigado, boa viagem.

•

Sentado no escuro do ônibus, folguei a gravata e recordei-me de tudo e de tanto que havia se passado há pouco e ao longo do tempo. Estive a pensar em todas aquelas pessoas que certamente fariam parte de um passado que ia se esfumaçar no tempo de minha memória. Alguns, sim; outros, não. Só o tempo, senhor dos destinos, dirá. Fiquei a pensar no rumo que aguarda os noivos, a torcer que se entendam, que se compreendam e, sobretudo, se amem da maneira mais ampla possível, transformando a atração e o desejo da juventude em uma grande, madura e duradoura amizade. Difícil, bem sei, nesse tempo que atravessamos, em que tudo anda conspirando contra uniões. A tônica tem sido a desunião, a dissensão, a dissolução. Inopinadamente recordei-me da linda menina que estivera ao meu lado por poucos minutos a me fazer companhia, que mal sei quem é. Revi os pais da noiva de pé naquele altar e imaginei quantas e quantas dificuldades e tropeços passaram em suas escolhas e decisões até chegarem ali, a empurrar a roda furiosa da vida no sentido da continuidade da espécie, afinal, é também para isso que estamos aqui. Recordei-me afinal do pai do noivo, o tal ausente, o que será que dizem dele? Que destino terá tomado dentro da cabeça das pessoas? Quais estradas espinhosas terá ele seguido?

•

Na rodoviária, estou exausto depois de mais de dez horas sentado entre idas e vindas. Meia-noite. Um enigmático dia se anuncia. Ajusto o maldito paletó e lembro-me mais uma vez de Mara, desejando muito que ela também um dia se case e seja feliz para sempre como nos contos de fadas, que nada mais são que belas metáforas (ou sonhos vãos, que seja, mas ainda assim sonhos) de nosso eterno anseio. É quase uma da manhã quando entro finalmente em casa. Jogo o paletó sobre o sofá e, antes de estirar-me na cama, olho na estante dos livros um porta-retratos amarelecido pelo tempo. Nele a fotografia do homem que se casou hoje quando tinha quatro anos. Penso comigo: os olhos dele me pareceram um pouco mais escuros que no dia em que ele saiu da sala de parto.

À flor da pele *

* Momento em que as emoções superam a razão, em que os sentimentos brotam como o suor que sai da pele.

— Essa neura toda começou quando vi aquele vídeo no YouTube. Minha avó já estava desenganada na UTI, e os médicos davam-lhe algumas horas. Isso tem dois ou três dias. Nem sei mais. Estou tão cansada que perdi a noção do tempo. Estava numa tristeza terrível, meus pais sempre a discutir em casa sobre o que deveriam ter feito ou não para salvar a vida dela, e eu, não aguentando todo aquele bate-boca, fui para o meu quarto. Minha vontade era a de sumir dali para nunca mais. Liguei o notebook e cliquei meio que sem pensar no ícone do YouTube. Comecei a assistir ao primeiro vídeo que apareceu. Acho que conectou naquele porque há dias eu estivera fazendo umas pesquisas para o Instituto de Física, no qual estamos criando um curso de extensão em Astronomia. Naquele estado em que eu estava, não conseguia pensar muito em nada. O certo é que o vídeo começa com a câmera focando no topo de alguns prédios, em uma rua de uma cidade, então a câmera vai subindo e se afastando, se afastando, e vemos a cidade inteira, depois o contorno do litoral, o mar, o continente, se afastando até vermos o planeta todo e logo o Sistema Solar, no qual viajamos em torno do Sol à velocidade de 107 mil quilômetros por hora.

— Pô, sinistro! A essa velocidade toda?

— Pois é, e foi se afastando ainda mais, e eu pensando em minha avó morrendo sem que pudesse fazer absolutamente nada. Uma tristeza terrível, amiga. E a câmera continuava célere rumo ao espaço infinito. A legenda dava informações sobre o universo, e assim vi números que já conhecia, mas que ali, naquele momento, me deram um vazio estranho por dentro, de enlouquecer. Só a nossa galáxia tem em torno de 400 bilhões de estrelas como o Sol, e estima-se que o universo observável possua cerca de 2 trilhões de galáxias! Tudo isso circulando a uma velocidade espantosa e, ao mesmo tempo, se expandindo, se expandindo, para onde não fazemos a menor ideia. Você consegue imaginar algo assim?

— Não.

— Nem eu, nem você, nem ninguém consegue. Fiquei ali pensando na minha vida, na minha avó, nessa nossa impotência toda. Me perguntando onde, diabos, estaria Deus? Onde no meio daqueles bilhões e trilhões de corpos celestes? Onde é que eu poderia ver o Deus da vovó e todos aqueles santos dispostos por ela tão cuidadosamente no oratório? Mas não conseguia, Rita. O máximo que pude imaginar eram as continhas do rosário que ela sempre tinha em mãos, como se fossem planetas passando velozes sob a minha vista; como se aquele terço houvesse se rompido, e suas contas se espalhassem pelo universo, pelo universo da minha memória. Como é que aquele Deus podia levar minha avó assim? Pra que serve tanta dor e tanto sofrimento, Rita? Como ele poderia estar em toda parte, como ela dizia, e ainda assim ser invisível? Como é que pode uma coisa dessas? Para mim a existência se rompeu no espaço sem fim quando as continhas do terço se espalharam no nada e na mais profunda solidão. Fiquei numa indignação horrível, sem acreditar em porcaria alguma. Justo nessa hora, aconteceu algo extraordinário. Meu coração começou a acelerar de modo espantoso, pensei que fosse explodir, o sangue batia-me forte nos pulsos, no peito, na testa. Pensei que tivesse amalucado de vez.

— Marina, tenha calma amiga, o sepultamento já vai sair e temos de acompanhar. Vamos, apoie-se em mim, eu te ajudo. Você está esgotada, está há dias sem dormir direito, sem se alimentar. Tenha calma, já, já passa, e vamos para casa. Vamos, apoie-se em mim".

Depois desse diálogo entre Marina e Rita, no sepultamento de dona Isabel, avó de Marina, quatro anos se passaram. As duas eram amigas inseparáveis desde o colegial, mas como a água e o óleo, que não se misturam a fundo porque feitos de moléculas de polaridades diferentes. Firmaram a amizade de adolescência mais pelo hábito de frequentarem a mesma escola, os mesmos ambientes e até o mesmo condomínio, pois eram também vizinhas. Nada mais. Enquanto Rita sonhava o futuro no qual viria a se tornar uma *influencer girl*, sob a total reprovação de seus pais, para os quais seu desejo era pura e simples vadiagem; Marina estudava muito e, inquiridora, preparava-se com todos os meios de que dispunha para cursar Física na UFBA. Assim a vida por vezes mete num mesmo recipiente fluídos diferentes.

Rita pertencia a uma família de classe média alta, com papai e mamãe sempre juntinhos e vivendo numa harmonia de dar inveja. Já Marina sofria horrores porque o teto familiar, embora abastado, abrigava também desavenças sem conta. E as duas iam se amparando mutuamente nas frustrações, acertos e desacertos da adolescência, quando descobrem, afinal, o mundo doido que lhes foi dado viver. A vida de Marina era realmente muito mais complicada. Invariavelmente as duas desciam para o playground e trocavam confidências. Quando Rita perguntava como estavam as coisas em casa, era comum Marina responder: "Como? Cada vez piores. Minha mãe só dorme à base de Rivotril, e meu pai, de uísque. Isto é, quando ele não está viajando com as amantes. Ela diz que não se separa de jeito nenhum. Para quê? Para ele torrar todos os bens da família com mulheres? Vivem uma vida de gato e rato eterna, e já nem sei mais, a essa altura, quem está certo e quem está errado".

A roda furiosa da vida seguiu como sempre, unindo destinos, afastando uns, fazendo esquecer alguns e entrelaçando outros, de modo que Rita e Marina aos poucos foram se apartando, e cada uma seguiu seu caminho. Na última vez que se falaram, Marina contou ter conhecido, em uma das poucas festas a que fora, um rapaz chamado Paulo. Começaram a namorar e em alguns dias já dormiam juntos. Depois de poucos meses, fizeram planos de morar sob o mesmo teto. Para ela, era uma excelente oportunidade de atender aos anseios de seu coração, ao mesmo tempo que se evadiria da eterna tensão na casa dos pais. Na ocasião em que as duas conversaram, Rita dissera-lhe: "É, amiga, tem casal que não dá certo mesmo. Ainda mais agora que todo mundo anda se liberando, já viu, né? Por essas e outras, amiga, não cogito me casar, nem me juntar com ninguém. E se pintar um gato gostoso que queira só ficar, ótimo; senão, minha filha, um abraço e um beijo. E olhe lá você nesses pegas com esse tal de Paulo, viu? Filho? Nem morta!".

Não houve conselho, nem ponderação, nem escândalo da mãe de Marina, nem indiferença do pai, nada. Concluído o curso de Física, Marina fez a malinha e foi morar com o amado. Paulo, um tipo que em poucas linhas se poderia definir: beleza e vigor físico de um deus grego na plenitude de seus 29 anos, filhinho de papai e surfista inveterado. Era desses sujeitos que não dão qualquer importância a estudos, afazeres e labores, ainda que fizesse bicos ocasionais comprando e vendendo carros para a concessionária do pai. Para ele, os bicos já estavam de bom tamanho, pagavam as contas, e ele contava sempre com subsídios generosos da casa paterna.

Um dia, Marina, que sempre ocupava sua mente com questões incomuns para o resto da humanidade, pegou-se imaginando o que as pessoas pensavam sobre o existir. O não sentido da existência deixava-a deprimida, sentimento agravado pela dificuldade de encontrar no meio que frequentava, pessoas com as quais pudesse conversar sobre o assunto. Os colegas do Departamento de Física — no qual já estagiava como professora auxiliar — eram verdadeiros homens da ciência, sequer admitiam conversar sobre questões como o significado da vida ou Deus. Ela questionava-se sobre como poderia ser aquele Deus humano da vovó, feito de gesso pintado e com a auréola de latão brilhando na cabeça. Chegou a dar risada sozinha imaginando como seria o Deus de Rita — e sentiu uma angústia porque a amiga nunca se dedicava a pensamentos mais intensos nesse sentido. Os poucos livros que ela lera ou foram aqueles obrigatórios no Ensino Médio, ou, segundo a própria Rita, aqueles escritos apenas para entreter o leitor. Para Rita, com certeza Deus era parecido com algum bonitão *fashion* da Internet, meio no qual ela desejava ardentemente atuar como *influencer girl*. E o de Paulo, como seria? Imaginou-o surfando nas marés galácticas. Qual Deus ela elegeria para si? Não encontrava nenhum que a satisfizesse, que atendesse a sua concepção. Concepção muito mais próxima de uma inteligência superior, de força luminosa que governa o multiverso de bilhões de galáxias. Uma entidade cuja definição e explicação escapa a qualquer lógica humana porque a ultrapassa. "Então como é?" — pensava ela alarmada — "Viver, sentir, amar e existir para o nada? Ou acabo ficando maluca de vez ou me mato! Como é que posso persistir em saber mais e perquirir a vida e o sentido de existir em meio a tanta vulgaridade?".

Certa feita, surgiu a oportunidade de conversar com Paulo sobre assuntos assim. Ela sabia que ele não apreciava tal tipo de conversa, pois ou não sabia o que responder, ou saía-se com alguma brincadeira, fazendo rodeios e deixando claro considerar a matéria impertinente e inútil. Positivamente ele não ligava o assunto a algo importante. Só existiam racionalidades, não havia o imponderável. Os fatos da vida explicavam-se por causas

visíveis e tangíveis. Quanto aos mais extraordinários, atribuía-
-os a uma vaga ideia de Deus, ideia a qual não queria ou não podia aprofundar. Nesse dia, em particular, ela estava muito a fim de provocá-lo, de fustigá-lo, de fazê-lo reagir. Estavam sentados no sofá, ouvindo música, quando ela perguntou-lhe:

— De qual matéria, afinal, você acredita que somos feitos? Quer dizer, matéria é força de expressão. Estou me referindo ao que nos faz viver. O tal sopro de vida que nos anima. A mim, a você, a todos. Que força é essa que nos anima e, no entanto, jamais confunde personalidades? As personalidades de um sem-número de seres que viveram antes de nós? E dos que ainda vão viver? Isso me inquieta sempre quando penso. Você não tem medo desse desamparo que nos vem do multiverso? Pense bem, Paulinho, todos esses astros, tão distantes e silenciosos, testemunharam o surgimento da vida aqui; testemunharam toda a Era dos dinossauros, há uns 200 milhões de anos, e a sua extinção. Milênios a fio. E as estrelas e os planetas sempre estiveram aí e ainda estarão quando não existirmos mais. Não o preocupa ter de morrer um dia e não poder gozar também de uma eternidade assim?

— Ih, Marina, que papo doido é esse? Sei lá, na pior das hipóteses a vida é um sonho doido entre dois nadas! — disse ele, depois de uma larga risada. — Às vezes acho que a gente não nasceu, nem vai morrer, é tudo um sonho. Porque temos de fundir as cucas pensando nisso? Vida eterna é o quê, afinal? Acho que é só o medo da morte que engendra a existência de Deus. Um mero subterfúgio para afastar a ideia da morte. Nada mais. Acho que não tem muita diferença entre um homem e um cachorro, é tudo a mesma coisa. Esse negócio de você ficar horas e horas pensando nisso não leva a absolutamente nada. É o que eu penso, se você quer saber.

— Mas como? Não é possível, cê tá de sacanagem comigo, Paulinho! Quer dizer então que não é um dever ao menos tentar esclarecer mistérios, iluminar a cabeça e também orientar quem não consegue pensar em certas coisas? Ó, meu bem, eu fico triste ouvindo você falar assim.

— Olhe, amor, como já há até quem pense em morar em Marte, tudo está sendo possível — respondeu ele, fechando o semblante. — Cada um pensa como quer.

— Sim, como quer, como pode ou como lhe deixam também. Então você está me dizendo que devemos deixar de abrir os olhos e de fazer pesquisas, de instruir-nos e de desejar, por um momento que seja, descerrar as portas fechadas do desconhecido? Para mim isso significa recusar a conquistar uma vida melhor, como muita gente faz. Considerar que os grandes problemas do ser são insolúveis significa aceitar para sempre a dolorosa condição de inferioridade, cheia de males e desgraças. Não ter interesse nessas questões é o mesmo que declarar o fracasso da inteligência, é renunciar ao progresso e perder toda a esperança na própria vida.

— Ora, Marina, eu não estou dizendo isso, também não me subestime. O fato de eu não ter feito mestrado em Física não significa que eu seja estúpido. Mas é claro e evidente que nosso conhecimento tem limites...

— Lá vem você com essa conversa de mestrado em Física. Sequer por um momento eu insinuei ou pensei isso, mas parece que você tem mesmo algum trauma em relação ao assunto. Está sempre a repetir como se quisesses me ofender. Eu vou lhe dizer: a maioria das pessoas pensa que está numa colônia de férias, sem qualquer obrigação. Só enxergam vantagens imediatas e satisfações efêmeras, aconteça o que acontecer. Poucos desejam saber algo a respeito dessas questões, tenha certeza. Só consideram positivo o que podem agarrar com as mãos. Isto é, aquela que se acredita ser a única e verdadeira realidade, a da vida prática, na qual o mundo crê. Mas outras realidades existem, queiramos ou não encarar. Amanhã teremos, pela evolução, de chegar até elas. Sim, por que a evolução existe, sabia? Ignorar as últimas finalidades da vida significa ignorar a própria vida, ignorar um futuro que, embora longínquo, não pode um dia deixar de tornar-se presente.

— Marina, você está parecendo aquelas religiosas de carteirinha que ficam gritando "Amém, Jesus", para lá e para cá, e "vade-retro, Satanás"! — disse com uma risada cínica.

— Não, Paulo — retrucou muito séria. — Isso de que estou falando não tem nada a ver, ou tem muito pouco a ver, com religião. Embora eu veja que a maioria dos religiosos apenas caminha na multidão, de olhos fechados. Uma multidão amorfa de homens e mulheres que, numa combinação tácita, se toleram na imensa divergência dos credos que criaram. Tudo está muito certinho, desde que ninguém perturbe o conforto de adequar a ideia de Deus a seus interesses particulares.

— Pronto. Falou a dona da verdade!

— De qual verdade? A verdade que vejo é uma tremenda mistura de enganos, desvios, ilusões, engodos, ardis, embustes, trapaças, velhacarias, hipocrisias, de tudo quanto é mentira à qual dão o pomposo nome de religião.

— Assim vou precisar comprar um dicionário e andar com ele debaixo do braço para conseguir conversar com você.

Marina calou-se e ficou olhando para Paulo. Sentiu vontade de chorar. Porque as palavras que ela conhecia já não expressavam o que havia em seu coração. Sentia, com tristeza imensa no peito, que cada vez mais eles se distanciavam. Paulo parara no tempo.

E o tempo os foi afastando mais e mais. Marina começou a perceber também que já não o via com os mesmos olhos. Já não conseguia achá-lo tão atraente. Em um domingo em que ele pegou a prancha de surf e saiu, ela ficou sozinha em casa lendo e preparando planos de aulas. Pôs-se a recordar o tempo em que fora muito, muito feliz quando era criada pela avó Isabel. Na época, seu pai tinha ido trabalhar no Rio de Janeiro, e a mãe o acompanhou. Ela ficou com a avó. Às vezes, ao lembrar-se de sua época de criança, uma melancolia a invadia e lhe escurecia o rosto. Uma saudade morna e incompreensível a abordava e a empurrava para um desalento triste. Como ela gostaria de voltar no tempo. Àquele tempo em que vovó a acolhia e a aquecia nos dias frios, em que abraçava-a com ternura e amor. Sentiu uma saudade tão profunda que imaginou ser uma viagem no tempo. Seria possível? Sim, talvez fosse possível uma viagem assim. Não dispunha ela de memória? E de memória que podia juntar-se à imaginação, e, quem sabe, tentar um retorno àquela fase de sua vida, mais completa ainda que aquela real? Sentiu ímpetos de escrever uma poesia e quase se levantou do sofá para pegar papel e lápis. Quase porque, nessa hora, Paulo entrou em casa com a prancha de surf toda suja de areia.

A relação, que se iniciara tão vertiginosa, foi se arrefecendo a ponto de começarem a respirar mal quando estavam juntos no pequeno quarto e sala em que moravam. Divergências pontuais tornaram-se costumeiras. Impaciências foram urdindo astúcias e intenções ocultas. Pequenos insultos e desatenções fizeram-se propositais. Palavras começaram a ser o início de discussões ríspidas, e no dia em que ele chegou bêbado e fedendo a perfume vagabundo às três da manhã, ela jogou contra a parede um porta-retratos de vidro. Noutro dia: "você não faz nada para a gente aqui! Nada! Nem comida nem porra nenhuma!", berrou ele a plenos pulmões em meio a uma das brigas. A última vez que se buscaram e se encontraram sob os lençóis decorrera há mais de trinta dias. Passaram a dormir em lados opostos da cama. E finalmente, esgotaram o limite dos nervos. O silêncio se impôs entre eles. Mal se falavam.

Certa noite, ao chegar em casa depois de um dia cansativo no Instituto de Física, Marina encontrou malas na sala. Ele, de costas para a porta da rua, olhava pela janela. Não se virou quando ela entrou. Ela parou, pôs as mãos na cintura e perguntou:

— Vai viajar?

— Vou-me embora — disse em tom baixo e pesado, respirando fundo, sem se virar.

O desfecho telegráfico daquele relacionamento de 2 anos, 3 meses e 4 dias, segundo a contagem dela, foi que — uma semana depois dessa cena e 47 dias da última briga em que os dois consumiram 3 garrafas de vinho e acabaram trepando num desabafo louco de desejos, ressentimentos, excitação e mágoas — Marina descobriu estar grávida.

Paulo foi-se embora sem olhar para trás. Ela seguiu sozinha, nuns dias cheia de tédio, enervada e triste; noutros, encantada com os menores acontecimentos. Flores em um canteiro lhe traziam o sentimento intenso de beleza; o canto dos pássaros fazia vibrar-lhe as cordas da sensibilidade de maneira doce e terna; e o sol intenso, amarelo, se derramando sobre tudo, lhe revigorava as energias. Até uma simples folha caindo ao sabor do vento a fazia viajar num percurso imponderável. Seguiu buscando o sentido da própria vida. Algo germinara nela além do bebê. Sua própria personalidade se inclinava para a certeza de que, no mundo, havia, sim, espaço para ela, até que no dia 20 de julho de 2019, data em que a humanidade comemorava os 50 anos da chegada do homem à Lua, Marina deu à luz a uma menina, Isabel.

Agora ela estava deitada ali, naquela cama de hospital, já há algum tempo. Sentia-se meio tonta e sonolenta por conta da anestesia, mas tinha consciência de que aguardava trazerem-lhe Isabel limpinha e enrolada numa manta. Nessa espera, subitamente, lembrou-se da conversa que tivera com Rita no enterro de sua avó; lembrou-se da convivência com Paulo e do amor que sentira por ele, tão forte, tão intenso. Das árduas lutas contra tantos obstáculos para efetivar-se como professora de Física.

Quase chorou ao pensar que Paulo jamais voltaria a procurá-la e que sequer desconfiava ser pai. Pensando em todas essas coisas, repassou mentalmente o vídeo do YouTube assistido naquelas circunstâncias da morte da avó. Ele tocara misteriosas névoas de seu ser. Névoas que o tempo se encarregou de ir adensando. Esforçou-se por lembrar a sequência exata das cenas, mas, por um mistério insondável, viu primeiro as incontáveis galáxias luzindo no éter escuro do multiverso, depois, numa inexplicável continuação invertida, viu aproximar-se a Via Láctea, o Sistema Solar, o planeta Terra, azulzinho, se aproximando, divisou os continentes, o mar, os contornos litorâneos, aquela cidade, a rua, a cobertura dos prédios. A sucessão de imagens em aproximação não se deteve, continuaram avançando perigosamente, sempre para baixo, em direção ao nível do solo, até que, horrorizada, Marina sentiu a iminência de chocar-se contra o asfalto. Foi quando despertou muito alerta, e uma calma infinita a invadiu ao olhar pela primeira vez o rostinho da filha sugando-lhe o seio avidamente. Grossas lágrimas rolaram por sua face porque conseguiu compreender o que há tanto tempo buscava. Compreendeu que Deus poderia mesmo ser invisível e estar em toda parte do multiverso. Descobriu por si mesma que Ele estava na magia essencial do viver, simplesmente por existir a vida da pequenina Isabel, luz forte e cristalina em seu coração e em seu multiverso.

Enfermaria do Hospital Geral

> Pediu-me um documento humano, ei-lo aqui.
> Não me peça também o império do Grão-Mongol. nem
> a fotografia dos Macabeus; peça, porém, os meus
> sapatos de defunto e não os dou a ninguém mais.
>
> MACHADO DE ASSIS, *O enfermeiro*

Na posição em que estava deitado, via passar ante seus olhos as luminárias do teto do corredor. A maca foi empurrada até uma porta de duas folhas em vidro fosco, e o ruído metálico indicou que a porta se abria automaticamente. Nela havia um adesivo plástico em que estava escrito em letras vermelhas garrafais: ENFERMARIA PRÉ-OPERATÓRIA. Do ponto onde a maca estacionou para que a enfermeira conferisse seu prontuário antes da admissão, pôde observar que na sala espaçosa havia oito camas. Quatro de cada lado; seis, ocupadas, e as duas últimas do lado esquerdo, vazias. Teve tempo de olhar para os pacientes que possuíam, todos, um aspecto sombrio, como se fossem habitantes apagados de um submundo, criaturas pálidas e esquálidas, sem movimento, prisioneiras de um perverso sortilégio entre a vida e a morte. E pensar que ele se empenhara tanto para vir parar justamente ali, a fazer uma operação de ponte de safena. É verdade, depois de trabalhar por mais de trinta anos como professor de matemática em escolas da prefeitura. Enfrentar agora uma aposentadoria de rendimentos pífios e ainda por cima lutar desesperadamente de posto em posto de saúde, enfrentando filas imensas, ausência de médicos e demora nos atendimentos, em meio a uma montoeira de pacientes dispersos por corredores de hospitais, para ser metido, finalmente, naquela sala junto com seis moribundos. Era como se sentia agora, um moribundo. Inspecionado o prontuário, foi colocado na última cama do corredor da esquerda, próximo à única janela que havia. Depois de um quarto de hora lá, prestou atenção no homem deitado na cama contígua. Tinha uma das pernas amputada e a outra, completamente engessada, da qual afloravam ganchos metálicos. Olharam-se e cumprimentaram-se com acenos de cabeça cordiais, mas não sabiam como quebrar o silêncio. Por fim, ele ganhou coragem e perguntou:

— Está aqui há muito tempo?

— Não — respondeu o outro. — Estou aqui há dez dias... — Depois de algum tempo calado, continuou. — Bem-vindo à nossa casta de doentes. Nessa enfermaria ficam os que já estão com operação agendada, ficamos aqui dois ou três dias, no máximo, e somos acompanhados pelos especialistas antes da operação. Na Enfermaria 1, ficam os casos ligeiros e os que exigem algum cuidado; na Unidade de Terapia Semi-Intensiva, os doentes graves; e na UTI, os gravíssimos, ou os que já não têm mais esperança. Dali, só há duas saídas, ou voltam para a Enfermaria e recebem alta; ou vão direto para a pedra fria de mármore da capela do hospital. Dizem que praticam essa divisão entre os enfermos para proporcionar maior eficácia no tratamento e assim impedir que um doente seja perturbado pela aproximação de outro em agonia. Creem que regulam melhor os tratamentos e com melhores resultados.

O outro considerou aquelas últimas observações importunas, mas limitou-se a dar um pequeno sorriso. Seu interlocutor continuou:

— Não me leve a mal pelo que disse, temos de ter aqui um pouco de senso de humor, senão estamos perdidos. Sofri um acidente grave de automóvel e infelizmente tive de amputar parte de uma perna; a outra, os médicos ainda tentam salvar, por isso estou aqui. Tenho muita fé que consiga preservá-la. Mas deixe apresentar-me. Geddel da Silva Fernandes, a seu dispor.

— É verdade, Deus há de ajudar, que assim seja! Chamo-me Procópio José Gomes Buzzati.

— Hum... Prazer! Sobrenome italiano, por certo.

— Sim, italiano.

— Mas você me parece muito saudável. Vai fazer alguma cirurgia rápida, sem maiores implicações?

— Assim espero. Preciso fazer uma ponte de safena, isto é, assim meu médico considera. Acho que dentro de alguns dias posso ter alta. Creio que a minha permanência aqui será rápida.

— Sei. Agora quanto a ser "rápido" é que eu não me fiaria muito. Não num pardieiro desses.

Procópio olhou-o com uma expressão de preocupação.

— Pelo que você está dizendo, o seu caso, não deve demorar mesmo.

— Assim espero.

— Vamos acreditar. Nossa sina nesse país é continuar acreditando, embora os fatos sempre neguem as esperanças. O problema do brasileiro é que esquece muito rapidamente os desatinos históricos cometidos. Quer um exemplo? Não vamos longe não, quem se lembra da inflação de 2.700% por volta de 1989 ou 1990? Quem se recorda dos planos econômicos, aqueles que começaram com a experimentação do Plano Cruzado, depois Cruzado II, Plano Bresser, Plano Verão, Plano Collor I e II, Plano Marcílio e finalmente o Plano Real? Quem se lembra? Oito planos econômicos e seis moedas? E isso tem o quê? Duzentos anos? Não, tem trinta! E quanto à saúde, então? Quem se lembra do imposto da tal CPMF, aquela contribuição destinada ao custeio da saúde pública? Não deu em nada, e hoje a saúde pública no Brasil está em coma profundo, respirando por aparelhos, entre a vida e a morte, uma lástima.

— É a palavra mais apropriada, uma lástima!

— Por essas e outras é que me considero um homem pragmático. Pragmático até a medula, no pleno sentido de agir de acordo como as circunstâncias exigem. Isto é a vida! Não há de se ficar com choradeiras por aí, nem queixas, mas aceitar as coisas integralmente, com seus ônus e percalços, glórias e desilusões, e seguir adiante. Usemos a máscara universalmente aceita da conveniência.

Esta foi a recepção de boas-vindas que Procópio recebeu na enfermaria. Depois, observando com calma os outros companheiros, percebeu que alguns estavam em condições realmente muito sérias e não podiam sequer sair da cama nem um minuto, como o próprio Geddel. Ele ainda tinha o privilégio de poder ir a pé da enfermaria ao pátio de descanso do andar, olhar a paisagem lá embaixo, e ver o movimento de gente e veículos, e isso certamente lhe traria a sensação de que ainda estava vivo. Quando chegou, acabara de falecer o paciente da oitava cama. Segundo soube, era um pipoqueiro preto que fazia ponto na porta de uma escola no subúrbio, e lá um belo dia, houve um tiroteio. E ele, que não tinha nada a ver com a confusão, acabou recebendo uma bala perdida no olho. Mas essa não foi a *causa mortis*, o homem sofreu uma parada cardíaca fulminante. Quem lhe contou toda essa triste história foi a dona Elza, uma senhora que estava depois da cama do Geddel, candidata à cirurgia de tireoide. Contou-lhe na manhã do dia seguinte à chegada de Procópio, quando Geddel tinha ido ao centro ortopédico avaliar a perna engessada. Dona Elza, em tom de voz quase sussurrante, apresentou os outros pacientes. Seu José era aquele senhor muito idoso que havia ficado cego em decorrência da diabetes. Uma mulher faria operação uterina; outro sujeito fora atropelado e estava muito mal; e ainda outro aguardava vaga para fazer um transplante de rim. Fosse pela proximidade de tanto sofrimento, ou por sua própria vontade de se evadir dali o mais rápido possível, Procópio, que nos seus 65 anos de vida não tinha outros problemas de saúde, procurou seguir fielmente as recomendações médicas, alimentar-se bem e tomar religiosamente os medicamentos que lhe iam sendo administrados. Dedicou-se de corpo e alma a melhorar. E parecia mesmo que ia bem. Dois dias depois de sua chegada, o resultado do exame geral a que se submetera o tranquilizou. Vinha preparando-se para o pior e imaginou que podia lhe chegar um veredicto severo, mas o médico clínico que foi ter com ele lhe dirigiu palavras afáveis e animadoras. Há, sim, o entupimento de vasos — disse-lhe o médico —, mas nada que não possamos resolver com a safena. Em uma semana, provavelmente, o senhor estará em casa.

No terceiro dia de sua chegada, a enfermeira-chefe foi vê-lo para avisar-lhe que, por razões de agenda da sala de cirurgia, só o poderiam operar em mais seis dias, de modo que, pelas contas que Procópio fez, teria de ficar ali por doze dias, e isso o deixou meio contrafeito, mas não havia o que fazer...

Em uma manhã, Procópio foi afinal levado para o centro cirúrgico, quando fez a operação para a implantação das pontes de safena. Ao voltar da sala de cirurgia, a recuperar-se progressivamente da anestesia, notou que um grande corte havia sido feito em seu peito, mas, excetuando aquela dor que lhe vinha da incisão, não sentia outros incômodos. Foi visitado a seguir pelo médico que o operara e que conhecera no hospital por aqueles dias. Este lhe disse:

— Sou o doutor Ricardo, o cardiologista que fez a implantação das pontes — foram duas — no seu coração. Vim vê-lo para saber como está se sentindo. Acontece, porém, que quando abrimos seu tórax, notei que havia um pequeno tumor nas imediações do coração, e será preciso fazer a sua resseção, extirpação, quero dizer. Aproveitamos e coletamos material para análise, e os resultados foram animadores, não é maléfico. É possível, com mais uma intervenção, contornar esse quadro, seu Procópio. Vamos ter de entrar, todavia, com uma medicação mais potente e prepará-lo para operar mais uma vez.

A partir daí, Procópio tornou-se mais preocupado com sua condição, tanto que, na próxima visita que sua esposa lhe fez, pediu a ela para que falasse pessoalmente com o doutor Cézar, médico que recomendara a ponte de safena, para comunicar-lhe do andamento de seu caso — quem sabe ele não poderia aparecer ou telefonar para conversar com os médicos do hospital? Dr. Cézar não apareceu e sequer telefonou. Quem apareceu novamente foi o doutor Ricardo, acompanhado dessa vez por uma médica muito jovem, a doutora Regina, que ia assumir o acompanhamento de seu tratamento. Ela aparentava ser muito vivaz e competente, demonstrando pleno conhecimento do que estava a se passar. Nos dias seguintes, a cada manhã, ela aparecia na enfermaria e conversava alguns minutos com ele, isso o deixava de certa maneira aliviado, embora a questão da data da operação fosse assunto sobre o qual pairavam sempre indefinições. Há mais de quinze dias Procópio dera entrada no Hospital. Em dada manhã que a enfermeira veio lhe trazer os remédios, ele volveu a perguntar:

— A senhora saberia me dizer quando minha operação será realizada?

— Realmente não faço ideia, é uma informação que somente a doutora Regina pode lhe dar, senhor — respondeu-lhe com certa indiferença.

— Mas uma coisa assim não é possível, desse jeito eu vou-me é embora daqui!

— Como quiser, senhor — retrucou ela em tom conciliador para não irritá-lo ainda mais. — Pode deixar que vou imediatamente comunicar à doutora que o senhor deseja falar-lhe.

— Pois a senhora me faça a grande gentileza de fazer isso, porque eu não aguento mais estar aqui — retrucou Procópio, aumentando a voz.

— Não precisa gritar, senhor Procópio. Tenha calma! Veja, em todo o estado, somente em um hospital particular o senhor conseguiria operar-se assim, imediatamente, e não teria a cobertura do governo. A operação teria de ser paga. E é um procedimento caríssimo!

— Já chega, estou farto de protelações — respondeu furioso. — Nem aqui nem em hospital particular vou ficar sujeito a essa eterna indefinição. Já é a terceira vez que adiam meu tratamento! Primeiro as tais questões operacionais do centro cirúrgico; depois, não havia vaga para intervenções de cardiologia; em seguida me disseram que os equipamentos estavam em manutenção. E agora esta de não se sabe quando? Eu quero falar com a médica! — Procópio estava descontrolado, quase gritando.

— Calma, por favor — implorou a enfermeira. — Há doentes graves aqui.

Entretanto nada era suficiente para acalmá-lo, estava furioso, gritou que o estavam enganando, que não queria mais saber de remédios e mais remédios, que se ia embora, que voltaria hoje mesmo para casa, que seus direitos não estavam sendo respeitados, e que a administração do hospital não podia desprezar tão abertamente os compromissos assumidos pelos próprios médicos. Queria levantar-se da cama, procurar a médica. Alguns dos pacientes da enfermaria também se manifestaram, e havia um quê de sublevação no ar. Por fim, apareceu a médica plantonista. Pediu explicações à enfermeira, reclamou do barulho, olhou para o prontuário preso à cama de Procópio, e perguntou por que ainda não o haviam medicado àquela manhã? Por quê? Depois ouviu o paciente. E muito zangada, virou-se para a enfermeira e declarou que havia um engano intolerável, que há tempos havia uma confusão insuportável, ninguém lhe dizia nada, que ia pedir suspensões e afastamentos. Enfim, dito o que tinha a dizer, a médica dirigiu-se, agora em tom mais amigável, ao doente, pedindo-lhe desculpas encarecidamente. E Procópio fez um esforço terrível para explicar-lhe que sua queixa estava relacionada unicamente à falta de definição da data de sua operação. E que desejava muito falar com a doutora Regina.

Depois de algum tempo, outra enfermeira entrou na sala com uma seringa nas mãos, acercou-se da cama de Procópio, passou-lhe um garrote de látex no braço e, com um algodão embebido em éter, limpou a veia onde aplicou a injeção. Procurava acalmá-lo informando com muita tranquilidade que a doutora Regina já tomara conhecimento da situação e que logo viria falar-lhe pessoalmente. Estava saindo de uma cirurgia e lhe prescrevera aquela injeção. Tudo daria certo. Em instantes a médica realmente entrou ofegante na enfermaria. Aconselhou-o a acalmar-se para que não provocasse esforços desnecessários e palpitações prejudiciais, afiançou-lhe que ela mesma falaria com a administração do hospital a respeito de seu caso.

— Mas, doutora, não aguento mais ficar assim sem uma solução — ponderou-lhe Procópio com a emoção à flor da pele. — A senhora tem de me ajudar a acabar com isto, a sair daqui. Asseguraram-me que o meu caso não é grave, a senhora mesma disse.

— E seu caso realmente não é grave — respondeu tentando acalmá-lo —, ninguém disse o contrário. Entretanto a cirurgia de seu mal é passível de um pequeno adiamento. É um caso que se distingue de casos análogos, porque a extensão das lesões é mínima, segundo me asseverou o cirurgião que o operou. Não há razões médicas para mantê-lo aqui. Nem há agravamento de seu quadro. Muito pelo contrário, os exames mostram que o senhor está reagindo excelentemente. A questão é mesmo a disponibilidade da sala de operações, que está com o agendamento sobrecarregado. Contamos operá-lo em pouco tempo, e lhe garanto que me empenharei o quanto puder para operá-lo logo. Entenda: temos aqui casos ainda mais urgentes. Logo vamos operá-lo, tenha mais um pouco de paciência. Ah, seu Procópio — acrescentou num tom de desabafo —, por mim o senhor já estaria em casa, mas, por favor, compreenda, não depende somente de mim. Veja — disse depois de uma pausa — o senhor já enfrentou tudo até aqui e com tanta coragem, só faltam mais alguns dias.

O rosto de Procópio assumiu expressão aflita. A verdade é que ele já sentia lhe faltar forças e, sobretudo, vontade para continuar reagindo com bom ânimo; todavia, não objetou mais. Naquela noite teve febre alta e quase não dormiu. Nos três dias morosos que se seguiram, ele passou a contar as horas numa ânsia obstinada. Permanecia imóvel na cama durante muito tempo, com os olhos postos no relógio da parede da enfermaria. Não dormia direito, revirava-se na cama e se alimentava mal. Aguentou o quanto pôde, até que um dia de uma semana — não dava mais conta de saber quando era — entraram de repente na enfermaria dois enfermeiros que empurravam uma maca.

— Bom dia, senhor — disse-lhe um deles. — Recebi instruções para levá-lo a um quarto próximo ao centro cirúrgico. — E mostrou-lhe o formulário de transferência assinado pela própria doutora Regina. — Será que o senhor consegue levantar-se sozinho?

— Claro.

Com alguma dificuldade e amparado pelos enfermeiros, deitou-se na maca e foi levado meio grogue a uma sala forrada de azulejos brancos até o teto. Uma enfermeira mexia em instrumentos cirúrgicos espalhados sobre um pano branco em uma bancada. Ele se esforçava o quanto podia para ver tudo com lucidez, mas sentia a cabeça pesada, os olhos turvos. Doutora Regina foi ter com ele e mostrava-se simpática, afável e cordial. Ficaram por alguns minutos conversando sobre os mais variados assuntos. E Procópio gostou de falar, procurando temas que lhe lembrassem de sua vida normal de professor de matemática — profissão que exercera por mais de trinta anos e da qual se aposentara recentemente —, de homem comum, com planos de viver muito ainda, de colaborar em uma ONG de seu bairro, que propiciava aulas para crianças carentes. Ele tentava convencer-se de que ainda pertencia à sociedade dos homens sãos, de que ainda estava ligado ao mundo dos vivos. Mas a conversa acabou resvalando para a enfermidade.

— Diga-me, doutora — perguntou — depois da operação, quando eu poderei afinal ir para casa?

— Quando? As previsões num caso como o seu são muito difíceis. Infecções ligeiras muitas vezes precisam de tratamentos longos e enérgicos.

— Um momento — interrompeu com voz tremida —, a doutora não está querendo me dizer que ainda vou ficar aqui muitos dias, está?

— Não, não é isso — disse sorrindo. — Mas vejo que o senhor está bastante empenhado em ir-se embora o quanto antes. Isso só acontecerá quando tivermos a certeza de que será capaz de reagir sem os tratamentos que lhe dispensamos aqui. Imagine se o senhor vai para casa e tem uma recaída? Até voltar e conseguir dar entrada novamente seria perigoso, muito mesmo. O que estou lhe dizendo — e o que o senhor deve ter em mente — é que sabemos ser muito importante para a recuperação a serenidade de espírito. Uma vez ativado o seu restabelecimento, o passo mais difícil já terá sido dado. Quando estiver verdadeiramente melhor, nada o impedirá de voltar para casa, eu mesma terei todo o prazer em assinar a sua alta.

Ele nada respondeu, mas sentia a dor no peito aumentar, e desde alguns dias um enfraquecimento se apoderava dele. Teve medo de declarar essas coisas com receio de ser retido mais tempo ali a propósito de mais e mais exames, mais e mais tempo de interrupção de sua vida. Deixou-se estar naquele pequeno quarto, enquanto a tarde quente de verão passava lentamente sobre a cidade. Regina foi-se com a promessa que, no dia seguinte bem cedo, se veriam na sala de cirurgia. Mal decorreu uma hora depois dessa conversa quando Procópio começou a sentir falta de ar. A dor no peito aumentou insuportavelmente, e ele passou a respirar com grande esforço. Sentia-se fraco, muito fraco, e uma ideia inopinada assaltou-o: "Meu Deus, vou morrer". Isso agitou-o de tal forma que se agarrou à campainha ao lado da cama, chamando a enfermeira. Uma agitação grande fez-se em torno dele, injetaram algo na veia de seu braço. Regina foi chamada às pressas enquanto ele era levado emergencialmente para a sala cirúrgica. Sentiu-se paralisado por um estranho torpor quando entrou na sala. Aquele ambiente se lhe afigurou como um mundo irreal, feito de absurdas paredes de azulejos, de equipamentos metálicos pendurados no teto, de figuras humanas metidas em jalecos brancos, esvaziadas de alma. Pôde ouvir um tinido nervoso de metais cirúrgicos, vozes abafadas, e o deslocamento de ar em torno de si — pessoas se moviam ao seu redor. Mãos firmes o ergueram e o passaram para a mesa de operações. Alguém ajustava o vidro de soro fisiológico preso à haste metálica da qual saía um longo fio de borracha transparente. Procópio lutava contra o torpor. Não queria se entregar, não queria dormir. Sentiu que seguravam e amarravam seu braço. Outros vultos de aventais azuis se debruçavam sobre ele num movimento nervoso; as máscaras que usavam deixavam visíveis apenas os olhos. Ele procurou puxar o ar para os pulmões na tentativa de continuar lúcido, mas a sonolência era forte, muito forte, invencível. Procópio ainda conseguiu ouvir muito ao longe a voz da doutora Regina, com um tremor de alarme dizendo não, não vai, rápido, rápido, chamem o cirurgião imediatamente, está parando, injetar adrenalina! Massagem cardíaca! Não está reagindo... Rápido! Os sinais cardíacos estão diminuindo, se espaçando cada vez mais. Não reage! Ó, meu Deus! Preparar para cardioversão elétrica imediata! Tragam o desfibrilador agora! Rápido, afastar, um, dois, três! Vai!

•

No dia seguinte, no cemitério de uma distante periferia, o encarregado de informar no quadro de avisos os sepultamentos do dia achou muito demorado escrever todo o nome do defunto das 16 horas. Era um homem muito pragmático e não pestanejou. Tomou do pincel atômico e escreveu no quadro de fórmica branca: Sepultamento das 16 horas: Sr. Procópio J.G.B. Setor 9 – Quadra 11 – Gaveta 87. E esses foram os números atribuídos ao professor de matemática no fim de sua vida.

Efeito Borboleta

Ele abre a loja preocupado, agoniado, aflito. Tem de pagar um extra ao contador que faz artimanhas para sonegar os impostos mensais da loja. Precisa também ter em caixa dinheiro vivo para eventuais propinas para a fiscalização da Prefeitura ou da Secretaria da Fazenda. Tem de ser aos poucos. Vou agora mesmo remarcar o preço daquelas bolsas Louis Vuitton fabricadas no Paraguai. Cem reais em cada uma, para começar, está razoável. Duas horas depois, uma madame, muito afetada e escandalizada com o valor que lhe pedem pela bolsa, paga assim mesmo, exige nota fiscal e sai da loja pensando: Vai sobrar mesmo para a diarista. Peço a ela paciência. Digo que as coisas estão difíceis, que estamos fazendo das tripas coração para mantê-la lá em casa. E ainda peço e recomendo discrição absoluta. No fim do mês, acertamos tudo. A Maria, que está ansiosa na casa da patroa esperando o pagamento da semana, ao saber do adiamento, primeiro fica chateada e depois, aborrecida, se atrapalha com o pano de prato e deixa cair no chão uma taça de cristal. Os cacos vão escondidos para o lixo sem fazer ruído. E quando se lembra então dos compromissos a pagar hoje, resolve não tirar as teias de aranha que se acumulam no teto da sala; e o feijão, que se dane! Vai salgado mesmo para a mesa na hora do almoço. Ó, Jesus do céu! Maria vai ter de adiar o pagamento dos trinta reais no mercadinho no qual comprara fiado, dos quarenta reais que a vizinha desfalcou do pagamento da própria conta de luz para emprestar a ela quando o gás faltou na semana passada, e dos outros trinta reais que ficou devendo no salão da última vez que foi fazer o cabelo. Nesse mesmo dia houve a suspensão do fiado no mercadinho, e quem ficasse sem comprar a crédito de caderneta. A luz da vizinha foi cortada. E a dona do salão, com um mau humor súbito e insuportável, acabou queimando o couro cabeludo de uma cliente com o ferro de amansar cabelo. Tudo isso ficaria sepultado no esquecimento dos sofrimentos diários, sem qualquer relação entre si, na favela em que Maria morava, não fosse o Zé Pretinho, o filho adolescente da vizinha que, ante o corte da luz, resolveu ir só mais uma vez à boca de fumo vender umas pedrinhas de crack. O que decorreu poderia induzir os que acreditam em tudo àquele tal efeito borboleta da teoria do caos. Uma teoria completamente amalucada segundo a qual a resultante de determinado cálculo influi no resultado de outro, quando passa a ser dado numérico deste (e assim por diante). Segundo essa alucinação, o bater de asas de uma simples borboleta poderia influenciar o curso natural das coisas e provocar consequências de proporções inimagináveis. Quem vai acreditar numa maluquice dessas? O certo é que Zé Pretinho vendeu — e fumou também — umas tantas pedrinhas. Chegou a levantar os cem reais que pagariam a conta da luz. Mas deu azar. Azar é o nome. A polícia fez uma batida surpresa na Cracolândia. Correrias, pedradas, bombas de gás, gritaria, empurra-empurra, perseguições e tiros. Um acertou em cheio o peito do Zé Pretinho. Levado ao hospital, veio a óbito. A vizinha, mãe de Zé Pretinho, ficou sabendo do ocorrido pelo médico plantonista. Após breve relato das condições nas quais ele deu entrada, o médico concluiu: Um quadro como o dele precisaria de recursos dos quais infelizmente não dispomos aqui. Não deu tempo nem de transferi-lo. O governo não tem liberado verbas para a compra de equipamentos, instrumental e material cirúrgico, e ficamos com a capacidade de atender muito limitada. Sinto muito. Nesse mesmo instante, aquele lojista das bolsas

Louis Vuitton ordena ao funcionário: Hora de fechar as portas. Amanhã teremos outro dia infernal pela frente. Que país é esse? Tenho de matar um leão por dia para sobreviver.

Samírah e a Noite dos Longos Punhais

> Um impulso, uma vez lançado, não pode ser detido nos seus efeitos, até que esses se esgotem.
>
> PIETRO UBALDI

I

Aylan sentia-se longe do acolhimento do lar ali, no porão de um barco velho cheirando a lixo. Ignorava de que maneira fora parar naquele lugar escuro, cujo único acesso era uma porta estreita, que dava a uma escada pela qual alguns vultos desciam e subiam nervosamente.

Sua mãe lhe havia dito que viajariam a uma terra distante, longe dos homens maus que causavam tanto sofrimento e destruição. Lá havia muitas coisas boas, muita comida, e seu pai poderia trabalhar e comprar-lhe roupas, brinquedos e muitos, muitos doces. Estava curioso para conhecer uma terra tão boa assim, onde as pessoas falavam outra língua, diferente da sua. Mas o que era outra língua? Isso ele não entendia muito bem. Como é que pode? Como pode haver outra língua? Depois voltaria a perguntar a sua mãe o que era essa outra língua. Agora não, a mãe estava com uma cara muito irritada. Se Samírah estivesse ali resolveria isso agora mesmo. Onde estaria Samírah? Por que ela entrara em outro barco? Tudo muito confuso. Por que tanta pressa em entrar naquele barco, e assim, no meio da noite? Uma coisa que ficava subindo e descendo por cima do mar que não tinha fim? O mar não tinha fim? Queria perguntar à sua prima todas essas coisas. Gostava de olhar o rosto dela quando lhe fazia perguntas para as quais ela também não encontrava respostas. Então os olhos vivos e amendoados de Samírah assumiam uma expressão perdida, que ele achava engraçado. Ela respondia, ao cabo de alguns instantes: e eu sei lá, Aylan, você tem umas perguntas difíceis!

Com o passar das horas, começou a sentir-se sonolento e terminou adormecendo no colo da mãe, onde seu corpo ficava um tanto quanto desajeitado. As pernas ficavam dependuradas, mas, ainda assim, abandonou-se ao sono sorrateiro, mesmo incomodado pelo calor horrível que fazia, pelo odor de fumaça de diesel e pelo ranger de madeiras. A certa altura da viagem, o barco começou a jogar para um lado e para o outro cada vez com mais vigor, e as pessoas passaram de murmúrios a exclamações e gritos. Outras crianças começaram a chorar, enquanto sua mãe apertou-o mais entre os braços, a dizer palavras que ele não conseguia ouvir, e sobreveio um estrondo terrível que atirou a todos no mar escuro de águas geladas.

II

Agora, inexplicavelmente deitado de bruços naquela praia, ele rememorava confuso esses acontecimentos ao ouvir a arrebentação das ondas. Onde estariam seus pais? Tentou erguer-se, mas somente alcançou mudar um pouco a posição da cabeça. O dia estava amanhecendo. Sentia muita sede e, ao mesmo tempo, aquele mesmo gosto ruim de quando o dente da frente caíra. Não conseguia dar-se conta do que aconteceu, e em sua mente misturavam-se a imagem do barco, as ondas altas, o escuro da noite e a água gelada. Viu sua mão esquerda e puxou-a mais para perto dos olhos, constatando que seus dedos estavam enrugados e lívidos, ao tempo em que buscava apurar os sentidos, ouvir com nitidez o marulhar das ondas. Sentia-se tomado por um frio imenso que o fazia tremer. Seu peito latejava forte, e as pulsações ressoavam com força dentro de sua cabeça confusa. Teve medo. Onde estaria sua mãe? Gritou, mas não conseguiu ouvir a própria voz. Sentiu uma vontade imensa de chorar, mas não conseguia gritar, nem mesmo pronunciar palavras, e aos poucos lhe voltou a sonolência que era afastada pela água fria do mar, que molhava ainda mais seu corpo gelado. Entre um e outro desfalecimento, buscou pensar nas coisas boas que a mãe prometera alcançar naquelas paragens distantes. Sim, já haviam chegado, já estavam em alguma praia daquelas terras. Estar deitado ali fazia parte de algum jogo com Samírah, escondidos da mãe, até que ela os descobrisse e reclamasse aos berros por estarem naquela brincadeira idiota de se deitar em areia molhada. Mas onde afinal elas estavam? Por que nenhuma das duas aparecia? Onde estaria seu pai? Para onde teria ido toda aquela gente que estava no barco?

Entretanto, a despeito da água gelada que lhe ardia a orelha, da expectativa feliz que nutria quanto a uma nova vida em terras distantes, foi adormecendo profundamente e um grande silêncio envolveu o mundo.

III

— Quando embarcamos no trem para prosseguirmos a viagem? Já não há como ficarmos aqui nessas condições, dormindo ao relento, passando fome. Há quem comente que os húngaros logo terminam a construção de um muro na fronteira, e, assim que o fizerem, deportam-nos de volta para a Macedônia. Você ouviu algo a esse respeito? Ouviu?

Samírah olhava para o rapaz, e aquela interrogação repetida duas vezes a fez lembrar o pequeno Aylan, de quem não tinha notícias há dias. Teriam conseguido fazer a travessia sem serem interceptados pela marinha grega? Será que foram obrigados a procurar outra rota? Seu interlocutor insistia:

— Samírah, você não ouviu o que lhe perguntei?

— Ouvi, mas sei tanto quanto você. Estamos presos aqui, sem notícias, sem comunicação. Como vou saber, Caleb?

— Nosso guia disse que pode arranjar um acerto com um motorista de caminhão, um austríaco que, à razão de cem euros por pessoa, nos transporta clandestinamente daqui de Belgrado, passa pela Hungria, e deixa-nos em algum lugar da Áustria, já bem próximo da fronteira com a Alemanha, isso hoje ainda. É muito mais rápido que esperar o trem. Você poderia falar com sua mãe e virem conosco.

— Sim, gostaria muito de sair o mais rápido possível desse lugar horrível, mas todo o dinheiro que tínhamos pagamos pela travessia no mar. Você sabe, meu pai acabou falecendo aqui mesmo. Enterrado numa cova rasa, ficamos sós, eu e minha mãe, que está muito doente. Uma desgraça Caleb, não sei como nos metemos nisso. E agora meu pai morto, e minha mãe assim... Não sei o que vamos fazer.

Os dois calaram-se. Samírah e seus pais desembarcaram no porto de Kos, na Grécia, e, assim como Caleb e milhares de outros imigrantes, fizeram a árdua travessia até a Macedônia, onde estiveram por alguns dias alojados no superlotado centro de refugiados de Gazi Baba, à espera de vistos para embarque no trem da ferrovia Tessalônica–Belgrado, que cruza o território macedônio rumo ao norte da Europa. Samírah conhecera e fizera amizade com Caleb em uma daquelas noites de espera na Macedônia. Ele estava junto a outros jovens sírios, aquecendo-se do frio em torno de uma pequena fogueira arranjada com restos de caixotes velhos. Caleb discorria sobre a necessidade de dar a conhecer ao mundo o sofrimento do povo sírio. Sonhava em criar um blog ao qual daria o nome de "A Primavera Síria", alusão direta ao movimento da Primavera Árabe, que desde 2011 se firmara com ondas de protesto, revoltas e revoluções populares contra os governos do mundo árabe. O movimento ajudou a derrubar as ditaduras da Tunísia, do Egito, do Iêmen e da Líbia, mas o regime de Bashar-al-Assad na Síria, todavia, resistiu dando início a uma sangrenta guerra civil que ceifara tantas e tantas vidas e os obrigara àquela situação de refugiados. Assim, Samírah e Caleb se conheceram e se tornaram amigos. Ela perguntou em voz baixa, com certa tristeza:

— Quer dizer, então, que partes hoje ainda?

— Sim, dentro de mais alguns minutos. Venha conosco!

— Não posso, já lhe disse. Não tenho como levar minha mãe assim como ela está.

— Não fique assim, não quero vê-la triste — disse, em um gesto de desespero, tomando-lhe das mãos.

— Não se preocupe comigo, vamos manter o que combinamos? De chegar até a Alemanha? — Disse ela, limpando os olhos úmidos e procurando recompor-se.

— Sim, mas receio que nos percamos e não voltemos a nos encontrar.

— Não vamos nos perder, temos os números dos celulares, temos os endereços dos e-mails. Façamos assim, aquele que chegar primeiro a Munique envia e-mail ao outro e tenta ligar também. Em último caso, procuramos alguma representação diplomática da Síria e deixamos recado e endereço de contato.

— Mas como Munique? Não havíamos combinado de ir a Berlim? Lá as oportunidades são maiores.

— Sim, Berlim, mas havemos de parar um pouco essa corrida louca e cansativa. Em Munique passamos algum tempo, procuramos informações, vemos como ficam os nossos vistos de refugiados, ou o que seja. Quem sabe não arranjamos lá mesmo um emprego ou qualquer coisa que nos ajude a ganhar algum dinheiro para seguirmos? Ademais, eu não gostaria de...

— De quê?

— De saber de você perdida naquele país, sem poder vê-la.

— Sim, está bem, então — respondeu Samírah olhando-o nos olhos, sorrindo envergonhada. — Não haveremos de nos perder, e, se isso acontecer, encontro você pelo blog. Lembra? Primavera Síria? — disse sorrindo-lhe ainda uma vez com ar de troça.

O sorriso que Caleb lhe devolveu foi muito parecido com o de Aylan. Ambos não faziam ideia de quanto ela os queria.

IV

O grupo de Caleb realmente conseguiu burlar a vigilância dos guardas sérvios, se evadir do centro de refugiados e embarcar no tal caminhão. Samírah, naquele mesmo dia, estava sentada a um canto do abrigo em companhia da mãe, que não se sentia bem, quando se levantou decidida a procurar em outro bloco do acampamento algum dos responsáveis pelo abrigo para implorar atendimento médico para a mãe. Ao chegar ao bloco destinado à enfermaria, encontrou uma aglomeração. Havia um grupo olhando aflito para o celular nas mãos de uma garota. Samírah se aproximou daquelas pessoas perplexas, tomada de curiosidade. Esforçou-se para olhar a pequena tela que a garota ia rolando com o dedo, ia rolando uma notícia escrita em inglês ao tempo em que ia traduzindo para o sírio seu teor. Embora Samírah possuísse noções do inglês e, aqui e ali, conseguisse decifrar o texto, não lhe foi possível inteirar-se do todo, porque a garota impacientou-se e rolou a matéria publicada por um *site* até que parou em uma fotografia dantesca. A fotografia era a do corpo de um menino vestido com camisa de malha vermelha, calça azul-marinho e tênis marrom, deitado de bruços na praia.

O menino se parecia muito com Aylan, aquela mesma camisa que... Aquela calça azul... Não, não era possível. Por Alá, era mesmo Aylan! Ela mesma tinha lhe calçado aquele tênis na noite em que viajaram. E Samírah sentiu seu coração fraquejar, faltar-lhe o chão e pensou imediatamente em sua mãe, que estava no outro bloco do centro de refugiados. Tinha de ocultar o quanto pudesse aquela notícia. Quem sabe em momento mais apropriado, em lugar mais seguro, pudesse lhe contar. Seu pensamento sob dor tão atroz como aquela tinha de buscar forças, cercar a mãe enferma de cuidados, para que a notícia não a atingisse. Resolveu voltar ao encontro da mãe e, ao se aproximar da porta do alojamento, viu outra movimentação, dessa vez ao redor de onde a mãe deveria estar. Samírah acabou descobrindo ser tarde: a mãe tinha visto a notícia, e seu estado se agravara mais ainda.

V

Os dias que se seguiram foram da mais completa confusão na vida de Samírah. O governo sérvio não permitia o embarque de refugiados na ferrovia. Havia pressão dos vizinhos da Hungria e da Croácia no sentido de deter o fluxo incessante de imigrantes. A mídia de todo o mundo colocou os holofotes na situação depois da morte de dezenas de imigrantes afogados no Mediterrâneo. Em meio a tudo isso, era preciso fazer o enterro de sua mãe. Alguns imigrantes compadecidos se reuniram e resolveram contribuir para pagar o enterro. Não foi preciso, porque o governo sérvio, ainda que não tivesse meios de providenciar o traslado do corpo de volta para uma região em conflito de guerra civil, não desejava atrair mais ainda a cobertura da mídia para aquele problema que tomava proporções incontroláveis. A solução encontrada foi realizar o sepultamento em uma cova simples em cemitério afastado do centro de Belgrado.

VI

Três meses depois vamos encontrar Samírah em Munique. Ela mesma não se dava conta de como, em meio a tantos acontecimentos e reviravoltas, fora parar naquela cidade. Tinha lhe restado na memória, em meio a farrapos de tristes impressões, aquela última conversa que tivera com Caleb, de ficarem um tempo em Munique. Ademais, alguns sírios que estiveram com ela na travessia também ali acabaram se estabelecendo, e o sentimento de solidariedade recíproca os fez continuar unidos no infortúnio da vida. O governo alemão de fato recebia os recém-chegados em casas de acolhimento, fornecia alimento, assistência social e se esforçava para encaminhar os mais aptos fisicamente para trabalhar.

Samírah Kurdi era uma jovem de 25 anos, de boa aparência, falava o inglês razoavelmente e, apesar da tristeza imensa que trazia nos olhos, acabou se destacando no aprendizado da língua alemã. Isso a ajudou a encontrar emprego em uma pequena e decadente lanchonete no centro de Munique. Outra imigrante afegã, que também trabalhava no estabelecimento, sabia de uma professora alemã que se dispunha a alugar um pequeno quarto para apenas uma pessoa. Samírah se interessou e foi até o endereço fornecido. Estava farta de viver em um ambiente sem qualquer privacidade, compartilhando quartos com pessoas das mais diversas nacionalidades, sem nada em comum que as unisse a não ser a desagradável sensação de não pertencer a lugar algum.

A casa da Professora Laura Benkarth era uma típica residência alemã. Um pouco afastada do centro da cidade, onde Samírah trabalhava. A residência se afigurava como uma casinha de bonecas, daquelas que ela vira em algum livro de sua infância, talvez por causa do estilo enxaimel, no qual as paredes são montadas com hastes de madeira encaixadas entre si, e os espaços vazios, preenchidos com tijolos. A professora ocupava o andar térreo, e o quarto que Samírah conseguiu alugar à razão de 600 euros por mês não passava de um minúsculo aposento localizado no sótão da residência. Subia-se até ele por uma pequena escadinha lateral à casa, que ia dar em um pequeno hall, daí ao quarto propriamente dito, que possuía apenas uma pequena janela guilhotina voltada para a rua. Em uma das laterais daquele espaço, o teto tinha declive tão acentuado que pareceu bastante forçada a presença do pequeno banheiro, que visivelmente fora adaptado mais recentemente em espaço contíguo. Havia no ambiente somente a cama de solteiro com mesinha de apoio, uma mesa com cadeira e, a um canto, o pequeno guarda-roupa de apenas uma porta. E, parecendo um espantalho plantado no meio do quarto, a proteger o ambiente, o cabideiro, ou porta-chapéus, de madeira, que certamente serviria para dependurar bolsas, cintos ou casacos. Nada mais, de modo que aquela pequena água-furtada passou a constituir o pequeno mundinho onde Samírah dormia e fazia refeições rápidas nos fins de semana. Com o passar do tempo ela foi colocando suas ideias em ordem e chegou à conclusão de que precisava desesperadamente de dinheiro para chegar ao Canadá, por três razões. A primeira é que, embora tivesse conseguido, e até com certa facilidade, o visto alemão provisório de permanência como trabalhadora, não se acostumara com o jeito rígido e frio do povo. A segunda, até onde procurou se informar, as condições de vida no país da América pareciam-lhe mais favoráveis. Em terceiro lugar, alguns de seus familiares que imigraram anos antes tinham conseguido vistos de refugiados políticos, acomodações e trabalho em Vancouver, na costa oeste do Canadá. Samírah acalentava o sonho de um dia tornar-se professora primária, e nisso influía muito a lembrança constante do rostinho de Aylan colada àquele tremendo desgosto de perdê-lo de forma tão brutal.

VII

Em um fim de tarde, Samírah sopesava essas e outras coisas sentada numa das mesinhas externas da lanchonete. Era uma daquelas horas praticamente sem movimento que antecedem ao burburinho da noite, quando a vida noturna leva tanta gente aos bares e restaurantes. Mentalmente ela fazia as contas de quanto precisaria economizar até ter o suficiente para arcar com as despesas da viagem para o Canadá. Já havia feito contato por e-mail e telefone com uma tia — irmã mais velha de sua mãe —, a fim de sondar a possibilidade de se transferir para o Canadá. A resposta veio muito positiva, indicando-lhe, inclusive, algumas das providências formais que já poderiam ser efetivadas junto à embaixada do Canadá na Alemanha. A grande questão agora era mesmo o dinheiro.

Recebia na lanchonete, depois de descontados os impostos, o salário de 1.120 euros; pagava à senhora Benkarth 600 euros pelo quarto; e gastava aproximadamente 400 euros com alimentação e despesas pessoais. Sobrava-lhe algo em torno de 100 euros ao mês. Como já tinha consultado o site da Lufthansa, estava a par do valor da passagem, em torno de 1.200 euros, e chegou à conclusão que teria de trabalhar, somente para comprar a passagem, um ano inteirinho. Isto vivendo do modo como já vinha vivendo, sem ir a lugar algum, sem comprar roupas, sem passeios, sem almoçar em restaurantes, em suma: a economizar cada centavo somente para comprar a passagem de ida a Montreal. E depois?

Como chegar até Vancouver? Teria de fazer economia equivalente, ou seja, trabalhar arduamente quase dois anos somente para comprar as passagens.

Tahmina, uma das jovens afegãs que também trabalhava na lanchonete naquele momento, se apercebeu da atitude pensativa e recolhida de Samírah e foi ter com ela. Às vezes a comunicação entre imigrantes era um pouco difícil, porque nem todos estavam no mesmo nível de compreensão e domínio do alemão, e era preciso falar muito devagar e torcer para que o interlocutor entendesse. Tahmina perguntou-lhe:

— Está cansada? Falta pouco para largarmos o serviço, logo você estará em casa e poderá descansar. Se esse for o problema, conforme-se bem, porque eu ainda vou pegar em outro turno de trabalho quando sair daqui, e vou ganhar um bom dinheiro hoje. Certamente...

— Já está quase na hora — respondeu-lhe Samírah. — Que bom que você ainda tem outro trabalho, quisera eu também ter mais um extra, estou precisando muito de dinheiro.

— É? Mas não me diga que você está devendo a traficantes de pessoas que a fizeram chegar até aqui. Muito se fala que os sírios, quase todos, passam por essa situação. Não fique constrangida com isso, porque nós, afegãos, também padecemos do mesmo problema.

— Não é isso. Preciso de dinheiro pois pretendo viajar ao Canadá, onde tenho parentes — respondeu Samírah, sorrindo.

— Sei. Mas trabalhando aqui e ganhando o que ganhamos, você terá de fazer um esforço muito grande para conseguir isso, não?

— Sim, eu sei, mas estou empenhada em alcançar esse objetivo, dure o tempo que durar.

— Talvez você nem precise trabalhar tanto assim, você é muito bonita, aliás, as mulheres de seu povo são muito bonitas. Os alemães adoram mulheres de nossa cor, ficam muito atraídos.

Quem sabe você não encontra um sheik rico, ou príncipe, como dizem aqui, que se apaixone por você?

Samírah olhou-a com indignação e desprezo e limitou-se a responder:

— Preciso limpar os balcões e as bandejas que estão sujos, já está quase na hora de trocarmos de turno.

VIII

Em um sábado quase no fim de mês, e já decorridos oito meses de sua chegada a Munique, Samírah acordou e deu-se conta de não ter nada para comer no café da manhã. Olhou em sua bolsa e certificou-se de que ainda tinha alguns euros, daqueles que separara para as despesas pessoais. Vestiu uma saia, colocou um blusão e desceu para ir à mercearia. Ao passar pela frente da casa, encontrou a professora Benkarth a cuidar do pequeno canteiro de flores próximo à porta de entrada. Desejou bom dia, e Laura respondeu-lhe:

— Olá, bom dia. Vai trabalhar hoje?

— Não, vou à mercearia comprar umas coisas. Logo estou de volta.

— Perfeitamente. Quando retornar quero lhe dar um bom pedaço de torta, uma Schwarzwälder Kirschtorte. É uma espécie de bolo, típico da região onde nasci a Floresta Negra, no sudoeste, feito de licor de cerejas ginja, só encontradas por lá, e que dão-lhe um sabor maravilhoso — explicou Laura ao perceber o olhar interrogativo de Samírah. — Possui várias camadas intercaladas de chocolate com creme de chantilly e cerejas; isso, junto com o licor, garante sabor inigualável. Não sou muito prendada na cozinha, mas arrisco dizer que o sabor não ficou desagradável.

— Ah, sim, agora entendi. Quando voltar passo aqui, sim. Muito obrigada.

Esse foi o início da amizade entre as duas. Laura sentia em seu íntimo uma angústia de ver a menina sempre sozinha, sem amigos, sem sair aos fins de semana — e sempre com um livro debaixo do braço. Ficou curiosa em conhecer mais sua inquilina. Dessa aproximação Laura passou a saber mais sobre a Síria e seu povo que chegava à Alemanha em tantas levas. Ficou sabendo também que Samírah Kurdi era natural da cidadezinha de Kobane, no norte da Síria, e que a cidade fora sitiada pelo grupo jihadista Estado Islâmico. Seus pais acabaram falecendo na tentativa de alcançar uma vida melhor para ela, filha única, e que seu primo, Aylan Kurdi, era o garotinho da fotografia estampada em jornais de todo o mundo, morto e de bruços, numa praia da cidade turca de Bodrum, quando tentava atravessar o Mediterrâneo. Soube também da peregrinação de Kobane, na Síria, para a Grécia, depois Macedônia, Sérvia, Hungria e, finalmente, Munique. E que pretendia ainda seguir para o Canadá. "A Europa não me trouxe sorte", Samírah sorriu constrangida ao revelar esse pensamento.

Numa noite em que conversavam, depois de ter devolvido alguns livros que Laura lhe emprestara — os quais lia tendo sempre ao lado um dicionário sírio–alemão —, Samírah dissera-lhe que tentara uma colocação em uma fábrica de autopeças, mas não tivera sucesso. Era necessário fazer um treinamento de um ano para ser considerada uma operária técnica especializada e, consequentemente, ter um salário melhor que o que ganhava na lanchonete. Isso retardaria ainda mais a sua partida para o Canadá. Laura ouviu-a atentamente e disse:

— É uma pena que as coisas assim sejam. Há a ideia generalizada de que a nossa situação de prosperidade signifique que aqui seja uma terra prometida. De fato acontece que, ao lado do envelhecimento de nossa população, os jovens alemães perderam o apetite pelo chão de fábrica; meteram nas cabecinhas que é serviço de inferiores. E termina que as empresas enfrentam grande escassez de trabalhadores capacitados. Por isso, temos motivos reais para acolher os imigrantes, e não apenas por sentimentos altruístas. Com a população nativa em queda, precisamos desesperadamente dos jovens imigrantes porque, se queremos manter o nosso bem-estar econômico — e pode acreditar que queremos muito —, temos de receber, em média, um milhão de imigrantes a cada ano.

— Conversei com uma senhora do recrutamento da fábrica, e ela tentou me convencer de que é importante treinar e obter um emprego com melhor salário no futuro, mesmo que isso signifique ganhar menos durante o trei-na... Como dizer? Não encontro a palavra em alemão.

— O termo é *technische ausbildung*. — Laura ajudou-a, como era comum em suas conversas, e soletrou e repetiu até que Samírah pronunciasse corretamente.

— Sim, o treinamento técnico. Ela prosseguiu, insistindo que eu aceitasse e assinasse um documento para iniciar esse curso, me disse que no máximo em dezoito meses eu estaria apta. Você pensa que deveria esperar tanto tempo assim? Como viveria durante todo esse tempo? Porque ganharia menos do que ganho com as gorjetas e os extras na lanchonete.

— Como não pretendes ficar, não seria uma boa ideia. É melhor continuar se empenhando em juntar o necessário para a viagem. Seja como for, é bom ao menos aprender o alemão. Vejo que você vai muito, muito bem com o idioma. Parece ter facilidade com línguas.

— E tenho, minha mãe era professora de inglês em nossa cidade. Estudou alguns anos em Londres e me ensinou alguma coisa. Se não aprendi mais é por culpa minha, que nunca me esforcei muito em aprender. Jamais imaginaria que um dia pudesse me encontrar na situação em que estou hoje.

— Pois é, a vida tem muitas maneiras de ensinar. Mas sempre é tempo para quem deseja e se esforça, prova é que está se saindo muito bem com o alemão. Você leu os últimos livros que lhe emprestei?

— Li, e aqui estão os outros dois que levei na semana passada. Trouxe-os para devolver.

— Que bom, por favor, coloque-os ali na estante, tenho tantos livros que já ando pensando, depois que me aposentei, em doá-los para a biblioteca da universidade. Se você se interessar por algum outro pode pegar, depois me devolve. Vou até a cozinha, pegar uma Coca-Cola para você, que não consome bebida alcoólica. Eu, que já sou uma velha perdida, vou servir-me com uma boa dose de vodca russa.

Samírah, sorrindo, ao devolver os livros à estante, ficou olhando a lombada de alguns títulos.

— Peguei este para ler — disse Samírah quando Laura retornou.

— Hã? Muito bem! Fahrenheit 451, escrito, se não me engano, em 1953. É livro atemporal, e digo, mais: observe que antecipa muito do que ocorre hoje. Depois me conte se estou errada ou não.

— Sim, depois conversaremos sobre ele.

— É excelente, e devo dizer que é um dos livros que engendram distopias. Ou seja, cria um ambiente ou estado imaginário em que se vive em condições de extrema opressão, desespero ou privação. Sim, leia-o, e pense nisso. Livros como esse servem para fazer pensar um pouco mais além do aqui e agora, claro que intuindo tendências a partir do presente. De certa forma, antecipam o futuro. Depois, se você gostar, pegue o 1984 ou o Admirável Mundo Novo. Tenho-os ali mesmo, na prateleira em que você pegou esse. Há nessas obras um ponto em comum, o qual é muito importante entender ou pensar: em nossos dias, em que parece que perdemos a perspectiva de futuro, a liberdade dos indivíduos é tolhida, e consequentemente, convertida em escravidão. No entanto — e é nisso que devemos pensar em profundidade — é por meio de mecanismos sócio-políticos que a escravidão é ressignificada como liberdade, de modo que, mesmo tendo a sua liberdade cerceada, os indivíduos pensam gozar plenamente dela. Você pode ver nesses livros que, embora a maior parte da população esteja acomodada e aceite com enorme facilidade os absurdos, existem outros indivíduos que se permitem compreender as relações e ousam lutar contra a ordem estabelecida. Isso não é fácil, pois, claro, é muito mais fácil se acomodar que enfrentar a realidade e todas as consequências que arcamos quando decidimos sair da caverna.

— Da caverna?

— Sim. Caverna, gruta, prisão, ou um quarto em que se esteja preso. Uma cela de prisão ou uma casa de mulheres da vida; um puteiro também é uma prisão, dá tudo no mesmo no fim das contas. Precisamos é estar muito atentos e perceber que, de fato, existe no homem a grande suscetibilidade de aceitar o irreal como real, a fantasia, a Matrix, como verdade. Sim, Matrix, igual à do cinema. Já assistiu ao filme Matrix?

— Sim, assisti na Síria. E entendo o que você diz. É algo muito parecido com o que acontece no meu próprio país, só que lá a irrealidade é o sistema político, se é que você me entende.

— Entendo, sim. Pois é, Matrix. Está aí um grande exemplo do medo que possuímos de encarar a realidade. Então, é cômodo, pois a realidade parece ser hoje um mundo destruído, um caos constante, aceitável a quem não está a fim ou não consegue pensar. E vamos viver na Matrix, onde se pode ser o que quiser, ainda que não passe de uma grande mentira. Passamos a ver a realidade — e observe o engenho da ideia — por demais assustadora, e a ignorância, um lenitivo efetivo. Pode-se comprar, por bons euros, mentiras como verdades. E aceitar a Matrix como a realidade e a escravidão como a liberdade. Você ainda é muito jovem, muito mesmo — continuou Laura depois de olhar Samírah fixamente e levar sua dose de vodca aos lábios. — Se não lutar de verdade pelo seu esclarecimento, acabará dentro de uma imensa Matrix, como boa parte dos alemães vive hoje. Os alemães só não, boa parte da humanidade. Mas você tem de entender também que lutar contra isso não significa entrar em outra Matrix, na qual a violência seja a única verdade aceitável. Você sabe ou já ouviu falar do que aconteceu aqui, na Alemanha, na época da Segunda Guerra mundial, não é mesmo?

— Sei, o nazismo.

— É. O nazismo ainda hoje tem seguidores, imagine você!

— Sim, eu ouvi falar que há grupos neonazistas aqui.

— O ódio é algo tão maléfico, mas tão maléfico, que cria uma cadeia que, de algum modo, mesmo inconscientemente, se transmite de geração em geração. É um déficit que se acumula. O nazismo é ainda hoje presente feito carne viva, ostentando sua aura imemorável, algo que é considerado morto, porém, ciclicamente ressurge em explosões de ódio. Conheço pessoas que não se consideram nazistas, mas que alimentam o mesmo comportamento de ódio ao se vingarem contra o que o nazismo fez às vidas de seus familiares. Em minha própria família, veja você, ainda há pessoas assim, decorridos mais de setenta anos do fim da guerra. Essa é outra Matrix. O que a humanidade não entende — e não me refiro apenas a nazistas, fascistas, comunistas, jihadistas, ou seja lá quais nomes tenham tantos e tão variados grupos — é que, se você quiser ser mesmo uma pessoa má, vingativa, e todos o podem ser, porque o livre-arbítrio é sagrado, tem de entender que, inexoravelmente, serão também suas as consequências, pois a razão também nos diz, e a história nos prova, que há uma lei de causalidade, positivamente inviolável. É assim, e por isso mesmo, que ciclicamente ressurgem tantas e tão diversas explosões de ódio. Esse estilhaçamento identitário negativo em tantos grupinhos tem sido o responsável pelo embrutecimento e pela animalização dos homens. Pena que tão poucos se deem conta disso. Me desculpe, minha boa menina, todo o desabafo, é a vodca que já me subiu à cabeça. E de que esta velha professora de literatura precisa agora é apenas um bom travesseiro. Por favor, Samírah, quando você passar pelo portão da frente, tranque o cadeado e deixe a luz do hall acesa, sim?

IX

A lanchonete na qual Samírah trabalhava era propriedade de um casal idoso. A mulher quase não aparecia no estabelecimento, mas o homem, um velhinho judeu muito laborioso, em certas ocasiões nas quais havia um feriado qualquer, ou uma movimentação maior de clientes, não hesitava em estender o horário de funcionamento até dez, onze horas da noite. Isso para Samírah era conveniente pois, embora ele não pagasse horas extras formalmente, gratificava bem as atendentes. Eram euros adicionais dos quais Samírah precisava muito. Em uma dessas noites em que Samírah estendera o turno de trabalho, ela atendeu um rapaz muito bonito. Era um típico jovem alemão loiro e alto, que lhe pediu chope e um prato de *currywurst* — salsicha branca cortada em pequenos pedaços e servida com molho especial e batata frita. Ele parecia impaciente e faminto e, apesar disso, esteve a olhar várias vezes para Samírah. Quando ela voltou para entregar o pedido e passar-lhe a comanda, ele disse:

— Obrigado, estou com uma fome terrível. A noite hoje parece que vai ser fria, precisamos estar bem alimentados. Muito obrigado.

— De nada, senhor. Aqui está sua comanda para o pagamento no caixa — respondeu-lhe Samírah.

— Obrigado. Vocês ficam abertos até que horas?

— Vamos fechar em pouco, mas amanhã estaremos abertos até as oito horas.

— Pela aparência do *currywurst*, creio que vou apreciar; se estiver mesmo saboroso, voltarei mais vezes. Aliás, voltarei sim para, quem sabe, ser atendido por pessoa tão bonita. Certamente voltarei. Meu nome é Karl, não me apresentei ainda e já estou a conversar assim, desculpe.

— Não há o que desculpar. Nós agradecemos a preferência, senhor — disse Samírah ao se afastar.

— Como você se chama?

— Boa noite para o senhor também, obrigada — disse afastando-se ainda mais e sem responder à pergunta.

Karl, sozinho à mesa, não viu como Samírah ficara muito corada e envergonhada. Ela dirigiu-se ao interior da lanchonete, onde o proprietário já começava os preparativos para fechar o estabelecimento. Entrou na pequena cozinha e disse a Tahmina:

— Deixe que eu termino de lavar esses pratos; ajude, por favor, a Sonja lá fora com a limpeza das mesas e colocando as cadeiras para dentro. Só há uns poucos clientes. Assim que eu concluir aqui, volto para ajudar vocês.

— Sim, ajudo, claro, e vamos embora que eu hoje tenho compromissos. Sim, amiga vamos rápido com isso, senão esse velho judeu termina querendo que fiquemos aqui a noite inteirinha.

Samírah sorriu e ficou lavando pratos e se lembrando dos lindos olhos azuis de Karl, que também lhe sorriram.

X

Karl, entretanto, não voltou nos dias seguintes, e Samírah também não se ocupou em pensar nisso pois estava firmemente empenhada em juntar dinheiro. Todavia ela precisava comprar um notebook para poder se conectar com a tia e os primos no Canadá e também fazer contatos para saber das condições de acesso àquele país. Afinal conseguiu comprar um usado e de recursos bem limitados, mas que possibilitava o contato com o consulado do Canadá em Munique, quando ficou sabendo que, embora houvesse consulados canadenses também em Düsseldorf e Stuttgart, somente o de Berlim estava apto a fornecer informações sobre vistos de entrada. Depois recebeu e-mail informando dos requisitos para viajar ao Canadá. São diferentes em cada caso dependendo da nacionalidade: a Síria estava temporariamente sendo aceita, mas ela precisaria informar detalhadamente em inglês ou francês o motivo e a duração de sua viagem. A concessão do visto poderia demorar um pouco, e havia o alerta para que o viajante começasse a fazer o trâmite com antecedência. Os documentos necessários poderiam ser enviados por correio, indicando qual tipo de visto se desejava solicitar. Samírah almejava o de Viagem e Trabalho, outorgados a jovens entre 18 e 29 anos que desejassem morar durante um ano no país, trabalhando em empregos temporários. Porém, para os sírios o processo de requerimento do visto deveria ser feito quando já estivessem no país.

O que ela poderia conseguir mais rapidamente era o visto provisório de um mês, para que, uma vez em território canadense, e de posse de uma série de documentos, pudesse tentar o outro, de um ano. Os documentos necessários incluíam comprovantes de residência de parentes que já moravam no país, o passaporte sírio dentro do prazo de validade, comprovar por atestados médicos ter boa saúde e possuir recursos financeiros suficientes para a estadia. Também teria de assinar um documento que demonstrasse a intenção de retornar ao país de origem. Além disso, precisava providenciar seguro de viagem que cobrisse todo o período no Canadá, comprovar ter a passagem de retorno agendada e certificado de vacinação em dia. O e-mail da embaixada terminava com o seguinte parágrafo escrito em negrito: "Por favor, verifique se você tem todos os requisitos para viajar ao Canadá, se possui todos os documentos corretos e no prazo de validade. Para sua maior segurança, é recomendável que você faça fotocópias de todos os seus documentos originais, pois, em caso de perda ou extravio, serão de grande utilidade. Não se esqueça de acessar o nosso Guia do Canadá, no qual encontrará todas as informações de que precisa para preparar a sua viagem".

A única preocupação de Samírah, além de trabalhar e aprender o alemão cada vez mais, língua que poderia lhe ser útil futuramente, era mesmo juntar dinheiro. Por isso, falou com o proprietário da lanchonete e explicou suas intenções, pedindo que a escalasse nas turmas de atendentes de sábados e domingos. O homem respondeu-lhe que era muito perigoso porque a fiscalização alemã poderia ficar sabendo, e ele teria problemas, de modo que, se assim ela quisesse, poderia atendê-la, contanto que trabalhasse nesses dias sem o registro formal. Em caso de fiscalização, ela deveria declarar que era aprendiz e que trabalhava em dias alternados. Feito o acordo, lá estava Samírah, houvesse sol, chuva ou neve, dia e noite, sábados e domingos também. Assim, em mais algum tempo, ela conseguiu boa parte do dinheiro das passagens e todos os documentos de que precisava, arrumados em uma pastinha que guardava com muito cuidado. Houve ocasião em que um grupo de jovens ruidosos sentou-se a uma mesa. Um deles parecia conhecer Tahmina, talvez fossem amigos ou namorados. O certo é que o homem chamou Tahmina para uma conversa em particular, algo expressamente proibido às atendentes. Eles, mesmo assim, foram para o corredor de acesso aos sanitários, que ficava fora do campo de visão do judeu. Esse ambiente era contíguo ao depósito de mantimentos, onde Samírah estava fazendo àquela hora, sem que Tahmina soubesse, uma espécie de balanço do estoque a pedido do proprietário — Samírah era a única funcionária apta a ler e escrever o suficiente em alemão, portanto foi destinada à missão. Ela ouviu a voz de Tahmina dizer ao homem:

— Não, aqui não podemos. Não vês que estou no meu trabalho?

— Seu trabalho é no Club, minha querida — respondeu-lhe o homem, sorrindo com desprezo. — Você ficou de retornar ao Queens Tabledance e não voltou. Então vim saber se você está precisando de alguma coisa, ou melhor, digo a verdade, estou morrendo de saudades.

— Olhe, querido —Tahmina disse sem alterar o tom de voz —, o que acontece é que qualquer dos clubes hoje está mais interessante que o Queens. Qualquer um! O Boobs, o Gentlemens Club, o Rhein Escort, o Royale Escort e até o Villa Roma estão bem mais interessantes. O Tabledance quer que trabalhemos a preço fixo, e desse jeito é melhor não trabalhar!

— Tahmina, vim lhe ver porque adoro a sua companhia. Você sabe, estamos no grande bordel de toda a Europa. A Alemanha, depois que liberou e reconheceu a prostituição, se tornou o paraíso das putas. Você sabe que posso encontrar aqui putinhas do Kosovo, albanesas, iraquianas, sérvias, russas e alemãs, uma grande variedade. Aqui é o melhor país do mundo para ser prostituta. Vocês têm até uma associação profissional de serviços eróticos e sexuais! Um luxo ter um sindicato das putas. A concorrência é tanta que nós, alemães, consideramos o ato de ir a um bordel semelhante ao de comprar cigarros na esquina. Assim não é contigo, você é muito especial. Faço absoluta questão de dar todo o meu carinho e atenção a você.

— Se você me quer mesmo, tanto assim, logo mais vá ao Villa Roma — respondeu Tahmina sorrindo. — Estarei lá ansiosa por encontrá-lo. Espero que você saiba reconhecer e retribuir meus carinhos.

— Estarei lá, minha querida. Mal posso esperar a hora.

XI

Samírah esteve por dias indignada com o que ouvira, mas esforçava-se para não deixar transparecer a Tahmina que ela sabia qual era sua outra ocupação além do trabalho na lanchonete. Assim deveria ser. Se não partilhava de costumes tão diferentes dos que fora criada, tinha de conviver com aquilo da melhor maneira possível. Era impositivo, afinal, era ela a intrusa na Alemanha. Mas isso não queria dizer que Samírah fosse uma puritana ingênua. Tivera algumas relações amorosas na Síria, como qualquer jovem de sua idade, entretanto a maneira como ocorria era muito diferente, não assim tão fácil, tão rápido, tão permissivo como via no comportamento de muitas garotas na Alemanha. Lembrou-se de Caleb e sentiu saudades dele, queria tê-lo conhecido mais, como homem, inclusive. Muito buscou encontrá-lo, mas era como se a terra tivesse aberto um enorme buraco que o tragou. Ninguém sabia dele; o número do celular só caía na caixa de mensagem; o endereço de e-mail informado não retornava qualquer resposta. Nada.

Há quem diga que pensar no amor o atrai. Talvez seja verdade, porque nesse mesmo dia em que Samírah pensara nisso, no momento em que empilhava toalhas de mesa lavadas em uma prateleira, ouviu atrás de si uma voz que lhe soou familiar:

— Adorei a refeição que comi aqui da última vez e resolvi voltar para repetir a dose.

Ela virou-se e deu de cara com Karl, vestido de suéter vermelho a sorrir-lhe. Samírah estremeceu e sentiu o coração acelerado. Buscou controlar-se e respondeu:

— Como? O senhor deseja ver o cardápio?

— Não, eu sei o que consta do cardápio. O que queria ver, e já vi com muita alegria, é se a garçonete morena e linda que me atendeu da última vez em que estive aqui estaria trabalhando hoje. Estive aqui outras vezes, mas não a vi.

— Não pensei que o senhor voltaria — disse envergonhada, sorrindo muito delicadamente e tentando esconder a emoção que sentia. — Coisas assim nos são ditas quase todos os dias.

— Então se lembra de mim?

— Vagamente, deseja o quê hoje?

— O mesmo servido da última vez. Um...

— Um chope e um prato de *currywurst*!

— Ah, então, você tem uma memória fantástica!

— Nem tanto, é o que a maioria das pessoas pede.

Tal resposta o desanimou de vez, e constrangido, ficou sem saber o que dizer. Samírah, ao notar sua reação, se adiantou:

— Vou providenciar agora mesmo, pode sentar-se àquela mesa ali, a última à esquerda, que levo o seu pedido. Vou pegar o seu chope e levo-o agora mesmo, enquanto preparam o *currywurst*.

— Obrigado, vou aguardar — respondeu-lhe parecendo recuperar um pouco a confiança.

— E meu nome é Samírah — sorriu-lhe antes que ele se voltasse em direção à mesa indicada.

Karl, alegre e aparvalhado com o encontro, saiu esbarrando nas mesas, até aquela indicada. Depois de algo assim, não foi de se estranhar que o prato de *currywurst* voltasse duas vezes ao micro-ondas para esquentar enquanto Karl e Samírah trocavam sorrisos e pequenas frases curtas entre um chope e outro, até ele finalmente dizer:

— Olhe, por favor, será que posso esperar você sair e afinal conversarmos sem parecer que estamos tramando algum roubo a banco?

— Podemos conversar sim — respondeu sorrindo muito alegre, depois de pensar. — Também não gosto de falar escondido. Só lhe peço que me espere. Às 19 horas estarei nas proximidades daquela banquinha de revistas ali na esquina. Pode ser?

— Combinado — respondeu, olhando ao ponto indicado. — Quando terminar aqui, faço o pagamento no caixa e mais tarde nos vemos. Espero você lá. Obrigado, Samírah. Vai ser um prazer conversarmos.

— Combinado, nos vemos lá — disse em voz baixa, passando a flanela no tampo da mesa.

XII

Poucas coisas na vida de um ser humano marcam tanto quanto um primeiro encontro com o amor — ou com a possibilidade dele. Tudo se nos afigura maravilhoso quando vivemos essa deliciosa expectativa que concorre para o esquecimento das prioridades outras da vida, que ficam em segundo plano. Os problemas que antes nos afligiam parecem secundários, e passamos a viver uma espécie de suspensão perante o mundo. Quem haverá de esquecer a deliciosa aflição que antecede ao primeiro encontro, os preparativos, a expectativa de voltar a encontrar aquele rosto que nos fascina e que desejamos pertinho do nosso, a olhar-nos bem dentro dos olhos com promessas de uma companhia prazerosa, que nos afaste da terrível sensação de solidão? O que, todavia, acontece com muita frequência é que o tempo passa, e com ele vamos descobrindo que boa parte do imaginado fica no plano da idealização.

Karl e Samírah se entenderam tão bem desde os primeiros encontros, e se quiseram tanto, que ela quase se esqueceu de seu objetivo de morar no Canadá. Chegou a desejar ardentemente acabar com a agonia do desejo que a consumia e ir morar de vez com ele. Mas então as bordas de um abismo existente entre os dois começaram a ruir seus sonhos, a falsear os passos que os levariam a partilhar a existência sob o mesmo teto. A começar pelo fato de ele, também filho único, ter sido criado com todas as comodidades e farturas. Abandonara os estudos no ensino médio e não se sentia atraído a cursar uma universidade ou outro curso qualquer que lhe garantisse o sustento por seus próprios méritos. Também não trabalhava e parecia não se importar em arranjar alguma ocupação. Os pais sempre lhe supriam o dinheiro de que precisasse. Era dado a farras com amigos, bebedeiras e noitadas inteiras em boates. Ademais, Samírah começou a perceber que com muita frequência ele bebia passando da conta, quase a ser incapaz de manter-se de pé. E pior: desde a primeira semana em que começaram a namorar, ele queria a todo custo manter relações sexuais. Quando ela ponderou-lhe que deveriam esperar um pouco para se conhecerem mais, ele tornou-se agressivo, fez cenas e insistiu muito. Tudo isso foi decepcionando Samírah a ponto de ela desejar romper o namoro. Felizmente ela não lhe contara tudo. Não lhe dissera de seus planos de viajar para o Canadá.

Um dia ele foi à casa dela. Passava das onze da noite quando apareceu sem avisar. Estava alcoolizado e quase a forçou a entrar no quarto para "ficarem mais à vontade". Nesse dia ela se aborreceu muito com ele e com a insistência — o que Laura diria se visse algo assim? O que os vizinhos pensariam dela? Houve um momento em que ele, depois de retirar o blusão de frio que usava, a abraçou na escada. Karl vestia por baixo do blusão uma camiseta sem mangas, e Samírah observou em seu ombro esquerdo, o brilho da grande suástica nazista tatuada. Foi o tiro de misericórdia no que ela pensava sentir por ele.

XIII

O encontro acabou em discussão feia e rompimento. Karl passou a procurá-la diariamente na lanchonete. Insistia para que voltassem, que ficassem juntos. Prometia mudar de vida, respeitá-la, fazer qualquer coisa que ela quisesse, mas algo em Samírah esfriara definitivamente. Estava irredutível, pois percebera que ele não tinha mesmo têmpera para viver fora do mundinho de cristal construído por seus pais, não tinha nem autodomínio, nem equilíbrio com os quais pudesse encarar a vida de frente, com todas as dificuldades que ela impõe, e que ela aprendera muito bem quais podiam ser. Mesmo sem ter a quantia suficiente para realizar a viagem sob condição razoável, apressou o quanto pôde sua partida de Munique. Assim que recebeu a autorização para viajar ao Canadá, comprou duas passagens. Ambas para o mesmo dia. Uma de Munique até Montreal, e outra de lá até Vancouver. Apesar de estar aliviada por deixar a Alemanha para, mais uma vez, tentar reconstruir sua vida, ela sabia que sentiria saudades de Karl e, sobretudo, de Laura, a única pessoa que em todos aqueles meses se mostrara realmente sua amiga. No dia em que comprou as passagens, passou na casa de Laura para dar-lhe a notícia e conversar um pouco. As duas conversaram por longas horas, e Samírah contou a amiga os últimos acontecimentos com Karl. Nesse ponto Laura disse-lhe:

— Dias desses eu vi vocês dois chegarem aqui. Quando ouvi o barulho do portão da garagem, olhei muito discretamente através da persiana e vi bem a cara dele, seu jeito, seu andar, e lhe confesso, Samírah, eu conheço muito bem tipos como esse rapaz. Tantos e tantos anos lecionando em universidade ensinam a gente a intuir certos comportamentos, e, pelo que você está me contando, não me enganei. Uma mocidade muito estranha anda acordando coisas ruins na vida... Talvez porque ande sempre a querer viver dentro de uma Matrix. Lembra-se dessa nossa conversa?

— Lembro, sim, como vou esquecer, Laura? Nunca me esquecerei de suas palavras. Me fez ver tantas coisas que até então eu não entendia.

— Uma tristeza o rumo que certas vidas tomam. Estou certa de que você, com a determinação que possui, reúne todas as condições de, finalmente, encontrar um bom caminho na vida. E também um grande amor que realmente valha a pena. O que me preocupa nesse momento é a sua condição financeira para embarcar nessa viagem agora.

— Eu também, Laura, estou no escuro, sem saber o que será quando chegar lá. Já avisei a minha tia, e ela, apesar de também não ter condições financeiras, fará o que estiver ao seu alcance para ajudar-me. Está tentando até fazer contatos com sírios que moram em Montreal para que deem alguma ajuda e orientação quando eu pouse no Canadá.

— Mas quanta incerteza...

— E o que me resta fazer, minha amiga? Depois que comprei as passagens, me sobraram apenas duzentos e trinta e cinco euros. Vou assim mesmo. É agora ou nunca. Em dois dias embarco. E posso lhe dizer: a atual condição é bem difícil, mas é incomparavelmente melhor que aquela em que saí da Síria com meus pais. Partimos praticamente sem um tostão nos bolsos.

— Tudo vai sair pelo melhor, com a ajuda do bom Deus — proferiu Laura a olhar pensativa para Samírah.

— Sim, Alá não há de me desamparar. Amanhã mesmo vou acertar as contas na lanchonete, já comuniquei que estou viajando. Tenho alguns poucos dias de salário a receber, e o proprietário entendeu bem minha necessidade, não se aborreceu. Depois vou comprar uma pequena mala para viajar porque a antiga está toda puída.

— Bem. Hoje é quinta-feira, amanhã você usa o dia para resolver essas questões, e no sábado faço questão de levá-la ao aeroporto. A que horas parte o voo?

— Duas da manhã.

— Duas da manhã? — repetiu Laura, arregalando os olhos.

— Foi o horário com o preço mais em conta que consegui.

— Muito bem, então. À uma hora do sábado estaremos no aeroporto.

XIV

A sexta-feira começou agitada para Samírah. Logo na primeira hora do comércio, ela já estava no Biergarten (jardim da cerveja), onde ficava a lanchonete, acertou suas contas e de lá foi andando até a Neuhauser Strasse e a Kaufinger Strasse, as principais ruas de comércio de Munique. São ruas com largos calçadões de pedestres, ladeados por inúmeras lojas, uma ao lado da outra, onde lojas de grife como Zara, Esprit e Bershka estão presentes, mas também há lojinhas de marcas locais, com preços muito em conta. Comprou uma pequena mala e, mais adiante, em uma loja de porta estreita que vendia produtos árabes, comprou também um shaila. Sua mãe adorava usar aquele tipo de véu, sempre na cor azul. Ensinou-lhe a ajustar ao rosto a peça retangular de seda, que cobria a cabeça e se estendia até os ombros, usando dois ou três alfinetes.

Ao retornar ao seu quarto, limpou todo o ambiente, varreu e jogou papéis fora, retirou a roupa da cama e dobrou-a, fez o quanto pôde para deixar o quarto limpo. Laura não estava em casa, e Samírah conferiu, mais uma vez, a sua pastinha com os documentos necessários para quando chegasse ao Canadá. Por volta das oito da noite ela ouviu passos subindo a escada e acreditou que Laura vinha falar com ela para acertar os detalhes da ida ao aeroporto. Levantou-se apressada e abriu a porta, mas deparou-se com a figura de Karl, que lhe causou espanto e medo. Ele estava com a barba por fazer, os cabelos em desalinho e o olhar de quem já tinha bebido. Samírah tentou segurar a porta para evitar que ele entrasse, mas não adiantou. Karl era um homem alto e forte, não havia como impedir sua passagem. Ele disse com a voz arrastada:

— Eu vim mais uma vez pedir-lhe que reconsidere, Samírah. Sinto muito a sua falta e não vejo porque não podemos ainda nos entender. Por favor.

Samírah, pesando as palavras e o tom de voz, respondeu-lhe:

— Mas nós já conversamos tanto, Karl, sobre isso, compreenda. Somos tão diferentes. Eu gostei muito de você, mas não há maneira de nos entendermos. As coisas que você fez e continua a fazer, a maneira que quer viver é completamente dife...

— Ah, sim! — Karl a interrompeu ao divisar a mala aberta e arrumada sobre a cama. — Agora entendi por que me disseram, quando estive no seu trabalho agora à tarde, que você não trabalhava mais lá. Vai viajar? Voltar para o seu desertozinho na Síria?

— Karl, por favor! Nós já não temos mais o que dizer um ao outro.

— Como não temos? E o que passamos juntos? Para você não representou nada? Não serviu? Espere, deixe-me perguntar: não lhe foi útil? É isso?

— Karl, o que é isso? O que você está dizendo? Que expressões são essas? Dizendo coisas assim você me ofende. Por favor, vá embora, Karl. Eu não quero...

— Quer dizer então que era esse o seu plano? — voltou a interrompê-la, falando cada vez mais alto. — Simplesmente sumir da minha vida, sem ao menos se despedir, e eu que me dane?

Em frações de segundos, ele se transtornou completamente, tinha os olhos muito vermelhos, lacrimejantes, que deixavam transparecer não o amor que dizia sentir, mas ódio, um ódio imenso, incontrolável. Olhou em torno do quarto e para a mala de maneira aflita e partiu para cima de Samírah. Sacudia-a pelos braços e gritava que não admitiria de forma alguma que ela viajasse. Sua respiração estava ofegante, os olhos exorbitados. Samírah pedia-lhe calma, pedia que abaixasse a voz, implorava, por favor, que a soltasse, enquanto buscava libertar-se.

— Eu sabia! —berrou, soltando-a. — Sabia, embora não quisesse admitir! Sempre soube que você é como as mulheres da sua raça, todas umas putas! Todas vocês são mesmo umas safadas, umas cachorras! Diga, afinal, qual é o seu preço? Não existe fêmea que não tenha seu preço! — E partiu novamente agressivo para cima dela, buscando agarrá-la no pescoço.

Aquilo foi como uma facada em Samírah, dessas que não só cortam as carnes como também rasgam a alma. O ódio e um sentimento aniquilador de inferioridade a esmagaram numa vergonha imensa. Entre eles erguera-se uma parede de ódio irrefreável. Ela, sufocada pelas mãos de Karl em seu pescoço, procurou gritar, nos segundos em que houve um embate terrível, até que a mão de Samírah, na tentativa de encontrar algum apoio que a mantivesse de pé, encontrou o cabideiro de madeira, e ela desesperadamente segurou-o com força e conseguiu golpeá-lo na cabeça. O corpo de Karl foi ao chão, causando um baque surdo no assoalho de madeira. Samírah, depois de livrar-se das mãos que a sufocavam, curvou-se tonta, quase sem ar, e curvada esteve por instantes tentando respirar até que a porta se abriu bruscamente. Era Laura, que entrou no quarto e viu a cena, do homem caído no chão.

— Deus do céu! Mas o que aconteceu aqui, Samírah? — exclamou aflita.

— Eu não sei, ele apareceu aqui, forçou a entrada, e de repente ficou incontrolável, começou a gritar, a xingar, a me sufocar com as mãos em meu pescoço! Eu consegui alcançar o cabideiro e bati com ele em sua cabeça. Será que ele está morto? Por Alá, será que eu o matei?

Laura olhou para o cabideiro partido em dois, jogado ao lado do corpo:

— Ai, que agora temos um problemão. — E abaixou-se para examinar o corpo inerte de Karl. Não havia sinais de sangue, tinha pulsação. — Ele está vivo. Parece que foi só um desmaio. Chapado assim, com esse bafo de álcool e as narinas vermelhas, a pele tão irritada... Isso não é só álcool, não. Parece que vai dormir um bom tempo — concluiu Laura, aliviada.

— Mas o que eu vou fazer? Por Alá, o que eu vou fazer agora? — perguntava-se Samírah aflita.

— O que vamos fazer agora mesmo é tirá-lo daqui de qualquer jeito, vivo ou morto. Se a polícia o encontrar aqui é que estaremos numa encrenca terrível. Deixe-me pensar. Sim, tem de ser rápido. Vamos fazer assim: enquanto você vai muito discretamente ao banheiro lá embaixo e pega no armário sob a pia dois rolos de fitas adesivas e uma tesoura, que, se não estiver no armário, deve estar em cima da bancada, eu estaciono meu carro na garagem. Felizmente ainda não guardei o carro, porque assim entro com ele de ré. O porta-malas vai ficar rente ao início da escada. Descemos com ele amarrado e amordaçado. E vendado também com uma fronha para que não veja onde está. Colocamos ele dentro do porta-malas. Depois, quando você estiver voltando, pegue em cima do sofá a minha bolsa.

— Mas e se ele acordar, Laura?

— Acorda não. Isso aí, além da cacetada na cabeça, é bebedeira das brabas, vai demorar horas até voltar a si.

XV

Laura dirigia calada, fumando um cigarro atrás do outro. Samírah, ao seu lado, chorava e ia muito aflita, às vezes murmurava em sírio o que parecia ser uma prece. Passados longos minutos assim, Laura disse:

— Vou lhe dizer o que vamos fazer. Estamos a caminho de uma pequena cidade distante daqui uns trinta quilômetros. Chama-se Bad Wiessee, onde nasci. Resolvi há alguns anos ceder o casarão de minha família para ser transformado numa espécie de abrigo de idosos da cidade, e hoje meus familiares cuidam da casa e dos idosos. A meio caminho há aquele desvio em que estamos quase entrando e que é uma estrada vicinal. Vai dar em um lugarejo chamado Ayang, que por sua vez é repleto de pequenas fazendas nas quais se criam gado e se planta. Nessa estrada, que normalmente tem pouquíssimo movimento a esta hora, vamos parar o carro. Bem ali, e o deixamos amarrado em uma árvore.

— Mas vamos deixá-lo assim, amarrado em uma árvore? Isso não é muito perigoso para ele?

— Olhe, menina, esse monstro quase a sufocou com as próprias mãos, e você ainda está preocupada com o bem-estar dele? Não, nenhum bicho vai devorá-lo, já estamos quase chegando. Você está vendo aquelas luzes ao longe? Não devem estar a mais de quatro ou cinco quilômetros. Observe, os campos estão visivelmente cultivados. Logo pela manhã as máquinas que adu-

bam e colhem devem passar por aqui. Acham ele com facilidade ou, quando ele acordar, encontra as máquinas ou algum camponês que o ajude. Mas é preciso também que o deixemos somente de cuecas. Jogamos suas roupas nas imediações, e está feito.
— De cuecas? Vamos deixar ele de cuecas, Laura?!
— Sim, de cuecas! Vamos ganhar tempo precioso com isso. Voltamos então para a estrada principal e seguimos para Bad Wiessee, onde preciso pegar uma coisa. Depois retornamos a Munique, e deixo você no aeroporto ainda a tempo de pegar o avião. Felizmente trouxemos suas coisas e a mala. Não voltamos mais em casa. Direto para o aeroporto.

XVI

— Finalmente chegamos ao asilo de que lhe falei. — Laura foi avisando enquanto estacionava. — Ihhh... As luzes do quarto de Herr Heydrich estão acessas —disse balançando a cabeça em tom irritado, ainda de dentro do carro, olhando para o casarão. — Temos mais problemas. Samírah, por favor, pegue uma garrafinha metálica que está aí embaixo do seu banco. — Samírah procurou a garrafa e passou-a para Laura. Ela retirou a tampa e virou o conteúdo na boca. — Preciso de uma boa dose de vodca. É hora de encarar outros monstros jovens e velhos. Você fica aqui, vou dizer a minha prima Sacha, que administra a casa, que estou dando uma carona para você, que está viajando, e que tenho certa pressa. Na hora invento uma mentira qualquer. Vou até o meu escritório, pego o que quero e num instante estou de volta. Me espere aqui.

O que Laura não sabia é que um dos idosos, o senhor Heydrich, estivera insone naquela noite, não conseguira dormir. Aos 95 anos, praticamente não dormia ou, se o fazia, frequentemente acordava com pesadelos horríveis. Pouco antes da chegada de Laura ele acordara e estivera aos gritos:

— Sacha! — A voz que lhe saia da garganta era remota e apagada, vinda do fundo do tempo. — Sacha, sua miserável!

Começou a bater freneticamente no chão com a ponta da bengala. Uma das cuidadoras de idosos apareceu à porta, tinha nas mãos a bandeja com uma garrafa térmica e copos.

— Sim, Herr Heydrich.
— Morreu a gente dessa espelunca? Ninguém me atende. Canalhas! Onde está a Sacha?
— Está lá embaixo, Herr Heydrich.
— Ela não é paga para cuidar de mim? Então? Chame-a.
— Eu mesma posso ajudá-lo. O que deseja?
— Quero um copo de água. Tenho sede.
— Não gostaria de um pouco desse chá delicioso? Tem efeito calmante.
— Eu disse água!

A cuidadora esboçou um sorriso sem graça e se retirou. Quando desceu para chamar Sacha, encontrou-a conversando com Laura. Depois de cumprimentar Laura, a cuidadora falou a Sacha:

— Herr Heydrich está muito agitado hoje.
— Sim, ele está impossível. A gente ouve daqui os gritos dele. Mas o que ele quer afinal com essa gritaria toda?
— Quer apenas um copo de água.
— Ah, é? Pode deixar que eu mesma levo um copinho de água para ele. E uns calmantes também. — Sacha então voltou-se a Laura e continuou a conversa. — Enquanto você vai à sua sala, eu levo água e calmantes para Herr Heydrich. Logo mais nos encontramos na copa e tomamos um café bem quente. Mas a uma hora dessas da noite, prima, você a enfrentar estradas? Há algum problema mais urgente?

— Herr Heydrich não é único a ter insônias. Eu também as tenho tido, por isso saí tarde de Munique para vir aqui. Nesse horário praticamente não há tráfego e é mais prazeroso dirigir. Mas não deixe o pobre homem esperando, logo nos vemos na copa — respondeu Laura.

No quarto do idoso, Sacha olhou a ele com desprezo e ofereceu suco de laranja.

— Eu disse água! — sibila o antigo sargento da Gestapo.

Sacha encolhe os ombros e oferece-lhe novamente o copo.

— Mas eu trouxe-lhe um suco de laranja bem docinho.

— Eu quero água, sua cadela. Vá buscar água!

— Não vou, não, seu velho senil, seu sargentinho de merda — retruca Sacha com muita calma.

O homem se desesperou de raiva, brandiu a bengala, buscando inutilmente atingi-la. Agitou-se num tremor desesperado e disparou em sua voz rouca, quase sumida:

— Ah, bandida, canalha, vagabunda! — E com um grito de fera ferida, atira a bengala na direção de Sacha, que se esquivou facilmente.

O velho sargento afinal é vencido. Deixa cair a cabeça para trás e, de braços inertes, fica trêmulo, com a respiração ofegante, os olhos revirados e uma baba a lhe escorrer pelo canto da boca desdentada.

Sacha sorri triunfante. Há quatro anos que assiste com satisfação a essa agonia. Quando soube que o antigo soldado da Gestapo e criminoso de guerra Herr Heydrich seria recolhido ali mesmo, no asilo em Bad Wiessee, depois de tantos e tantos anos do fim da guerra, ficou aflita com presença tão macabra. Depois, passou meses pensativa, e finalmente, teve ímpetos de um altruísmo diabólico. Sacha é neta de Gustav Ritter Von Kahr. O corpo de Kahr foi encontrado na floresta de Munique no dia seguinte ao da Noite dos Longos Punhais, em 1934. Os asseclas de Hitler cortaram seu corpo a golpes de picareta. Sacha agora goza, provoca, desrespeita, humilha e dá risada. Pede a Deus que lhe permita ver o fim daquele trapo humano. É questão de meses, de semanas, talvez até de dias.

XVII

Laura dirige-se à porta do escritório, que possuía uma plaquinha onde estava escrito "Diretora-geral", abre-a e vai até o cofre dentro da estante de madeira. Digita o segredo do cofre no reloginho eletrônico e apanha um envelope pardo. Volta a fechar tudo e, como não tinha a intenção de voltar a conversar com a prima Sacha, dirige-se muito calmamente para a recepção. Desejou boa noite ao segurança da portaria e rumou ao estacionamento, onde Samírah estava muito aflita e com os olhos vermelhos de tanto chorar.

— Laura, eu estava aqui morrendo de preocupação de você não voltar a tempo. Estou tão preocupada com o Karl, será que o que fizemos não é crime? Será que, ao fim, ele ficará bem? — disse Samírah ao vê-la.

— É. É crime e pode haver desdobramentos, mas não fique preocupada assim, ele ficará bem. Se a polícia encontrar aquele porco no estado deplorável em que está e se houver investigação sobre o ocorrido com ele, haverá alguma consequência. Penso que, se isso acontecer, vai se afigurar mais como caso de briga de gangues ou de alucinação de dependente químico, a quem, afinal, não se dá muito crédito. Podemos considerar também que a polícia fará exames que comprovarão que até o DNA dele está saturado de álcool e de sei lá mais o quê, pois homens como ele consomem outras coisas mais. Karl não terá coragem de acusar uma pobre imigrante a qual ele estava assediando.

Mas suponhamos que, na pior das hipóteses, haja mesmo uma investigação, e a polícia chegue até ao seu nome, ou melhor, até a minha casa. Se isso acontecer, assumo que lhe dei mesmo uma cacetada e joguei-o naquela estrada. Ele invadiu minha casa, não encontrou você, que já tinha viajado, e como estava alucinado, partiu em minha direção para me agredir. Dei-lhe com o cabideiro no meio da cara e pronto.

— Mas nada disso aconteceu! — exclamou Samírah espantada.
— Como não aconteceu? Você não estava lá. Estávamos somente eu e ele. Ninguém mais. Eu, uma indefesa e respeitável professora aposentada, dei uma cacetada na cabeça de um homem daquele tamanho? Já pensou que vergonha? Tenho absoluta certeza de que ele não cogitará prestar queixa alguma. E se ele levar em conta a bela tatuagem da suástica em seu ombro, aí é que não vai querer chegar nem perto da polícia. Os policiais aqui estão fartos das desordens que esses imbecis andam aprontando. Ele sabe disso muito bem. Quando acordar, primeiro vai procurar as roupas, depois vai tentar pegar uma carona até Munique e deitar-se lá na caminha dele, lugar quente onde possa curtir a ressaca tremenda que se seguirá. Finalmente, vai ficar muito bem caladinho. Quando tudo isto tiver passado para ele, você já estará em solo canadense. E quanto a mim, não se preocupe, tenho todos os meios para me defender.

— Como poderei lhe agradecer, Laura, por tanto e tudo que você está fazendo por mim?
— Simplesmente não agradeça, minha querida. Se você quer saber, estou somente fazendo minha obrigação. Infeliz daquele que pensa que ajudar alguém é favor que se lhe presta. Ainda temos cinquenta quilômetros pela frente e já passa da meia-noite, se não pisarmos no acelerador desse carro, não chegamos a tempo de você embarcar no avião. Deixe-me contar-lhe uma história que se passou há muito tempo, aqui mesmo nessas terras.

Houve uma noite, assim como essa, que ficou conhecida como a Noite dos Longos Punhais e se constituiu num grande expurgo humano. Na noite do dia 30 de junho de 1934, a direção do partido nazista decidiu executar dezenas de seus membros políticos, a maioria da Sturmabteilung — uma espécie de tropa de assalto, a famosa SA, organização paramilitar do partido, composta em sua maioria, de alemães desfavorecidos financeiramente, desiludidos e irritados com o governo, pois acreditavam que este havia traído e humilhado a Alemanha quando da assinatura do Tratado de Versalhes. Hitler, aquele assassino amalucado que a sua geração conhece mais por conta de tantos e tantos filmes que sobre ele fizeram, revoltou-se contra o então líder da Sturmabteilung. Era Ernst Röhm, que ansiava transformar seus liderados no embrião do futuro exército da Alemanha nazista. A existência de uma organização como aquela se tornou possível porque, de acordo com o Tratado de Versalhes, o exército alemão estava limitado a ter no máximo cem mil soldados, e as tropas da SA em 1934 passavam dos três milhões de milicianos. Em janeiro de 1934, Röhm redigiu um memorando ao governo pedindo que a SA se tornasse a nova força nacional e se fundisse com o exército. Mas os interesses de Röhm chocavam-se com os do exército, e os oficiais não toleravam a figura dele, em razão de sua homossexualidade, e vícios. O presidente Paul von Hindenburg havia nomeado Hitler chanceler em 30 de janeiro de 1933, e ao longo dos meses seguintes, durante o chamado Gleichschaltung, Hitler eliminou todos os partidos rivais na Alemanha até o país tornar-se, no verão de 1933, um Estado unipartidário, sob sua direção e controle. Entretanto, mesmo com a consolidação de seu poder político, Hitler não tinha o poder absoluto. Como chanceler, ele não podia comandar o exército, que permanecia sob a liderança formal de Hindenburg. E você veja como tantas e tamanhas divisões só tiveram o condão de gerar ódio e mais ódio.

A queda da SA era o último objetivo que faltava para Hitler consolidar seu poder. Após breve encontro com Hitler, o presidente Hindenburg ameaçou colocar o país em lei marcial se Röhm continuasse no controle da SA. Essa atitude poderia fazer com que os nazistas perdessem força. Hitler então, astuciosamente, arquitetou fazer um expurgo, quando seriam eliminados seus inimigos e os líderes da SA. Forjou um dossiê sugerindo que Röhm tinha recebido doze milhões de marcos alemães da França para depô-lo do poder. O próprio Hitler criou um grupo especial e planejou detalhadamente tudo o que ia acontecer, tudo muito discretamente, e ação foi realizada em uma única noite. Já haviam plantado a acusação de traição de Röhm para apaziguar a opinião pública, sempre conduzida facilmente pela boataria. Na manhã de 30 de junho, Hitler e suas tropas voaram de Berlim para Munique e, acompanhados de uma grande tropa da SS e da polícia comum, se dirigiram para um hotel aqui mesmo, em Bad Wiessee, onde estava marcado o encontro entre Röhm e seus comandados. Ele aproveitou a ocasião e ordenou à Gestapo liquidar quem estivesse aqui para a tal reunião com Röhm. Muitos foram assassinados dentro de suas próprias casas. Pelo menos 85 pessoas morreram naquela noite e milhares foram presas. A maioria das mortes foi causada pela Gestapo, a polícia secreta. E veja o detalhe irônico: o termo Noite dos Longos Punhais, sob o qual esse episódio passou à História, derivou de um verso de uma canção da própria SA cujo tema principal são os massacres os quais eles estavam sempre prontos a executar. Você quer saber qual foi o resumo de toda essa ópera chamada a Noite dos Longos Punhais? Nada mais, nada menos que a eliminação, dentro da própria Alemanha, de toda e qualquer oposição ao nazismo por meio da mais brutal violência. O demônio positivamente assentou o seu rabinho no trono e tocou fogo no país. De 1934 a 1939 a lavagem cerebral foi se completando, e o resultado é o que o mundo todo sabe. Foi assim que toda uma sociedade acabou por tornar-se cúmplice da demência totalitária do Estado. Passou a partilhar as mentiras e atrocidades do sistema, não por ser enganada, mas por se recusar a perscrutar a verdade dos fatos.

— Que coisa horrível. Isso aconteceu aqui?

— Sim. E essa insanidade ainda não se apagou de todo, veja o exemplo do belo Karl. Nazista a uma altura dessas? Tenho uma prima chamada Sacha, estive com ela agora mesmo. Trabalha lá no asilo. Sei que ela tem suas razões, mas nada justifica odiar com todo o fervor os nazistas. Divisão e divisão. E na base do ódio. Estou lhe contando isso não somente para passarmos o tempo, Samírah, mas para que possa refletir sobre as últimas coisas que aconteceram com você hoje. Ah! E antes que eu me esqueça! Algo muito importante! Quando você chegar a Montreal, Samírah, provavelmente uma oficial da imigração, ainda no aeroporto, vai conversar com você e vai revistar suas coisas. Não faça oposição. Lá eles procedem assim. Provavelmente ela falará em inglês com você, e como você não tem muitas dificuldades nesse idioma, será fácil se expressar. Em hipótese alguma diga algo que não seja verdade a seu respeito, porque eles podem investigar e vão descobrir. Outra coisa. Não omita o valor em dinheiro com o qual está entrando no país.

— Eu não faria isso, Laura. Até porque me restaram, depois de ter recebido o salário da lanchonete e feito aquelas compras, somente 185 euros.

— Não, não. Por favor, abra a minha bolsa e pegue um envelope pequeno que está aí. Dentro dele há 3 mil euros. Leve-os com você.

— Mas eu não posso aceitar uma coisa dessas, Laura. Como vou lhe pagar?

— Se você não pegar imediatamente esse envelope, Samírah, eu vou parar aqui! Juro que paro esse carro aqui, e você vai andando até Munique! — Com lágrimas nos olhos, Samírah apanhou o envelope e aceitou o imenso favor. — E quando o avião pousar em Montreal, me faça o favor de telefonar. O mesmo vale para quando você chegar a Vancouver. Não chore, menina. Você está se saindo muito bem na vida. Tem segurado a onda, como vocês jovens dizem. É uma pena esse mundo andar assim. E a verdade é que hoje temos preferido viver vidas fantasiosas dentro das inúmeras fronteiras com que vamos enchendo o planeta, na doce ilusão de estarmos cercados e protegidos pelas superficialidades e aparências, de uma sociedade que só nos propicia os prazeres fugazes do consumo e um egoísmo ganancioso. É o desespero de buscar realizar todos os desejos que impedem de acordarmos de um sonho ridículo. As tantas desgraças que acontecem ainda não tocaram os nossos corações para o óbvio de que estamos todos mergulhados no sofrimento. Esse tem sido o elo que nos une. Somos incapazes de perceber, no recanto íntimo de nossas almas, o que nos conecta uns com os outros; somos uns retardados incapazes de olhar para o ponto que faz de cada um de nós parte de um só algo. Você pode me achar uma tremenda maluca por dizer essas coisas, mas é o que eu penso.

XVIII

Chegaram ao aeroporto quando já anunciavam no painel a última chamada para o embarque no voo com destino a Montreal. Foi o tempo somente de embarcar a pequena mala de Samírah. As duas se abraçaram.

— Não esqueça. As correntes que nos prendem são criadas pelas nossas próprias mentes, pois nos acostumamos a gaiolas. E isso é equivalente a perder a capacidade de fazer voar o pensamento — disse Laura.

Samírah não tinha condições de dizer palavra. Limitou-se a balançar a cabeça em sinal afirmativo. Beijou Laura e entrou no túnel envidraçado que a levaria ao avião. Através das paredes de vidro as duas se despediram uma vez mais. De longe Samírah acenou para Laura, que lhe devolveu um pequeno sorriso triste e um quase aceno de mão. Mas quando Samírah, num gesto de lembrança súbita, retirou de dentro de sua grande bolsa o exemplar de "Fahrenheit 451" que se esquecera de devolver a Laura e agitou-o no ar, esta abriu um sorriso largo e acenou-lhe de volta com muito vigor e com as duas mãos muito abertas.

O mundo não é para amadores

Posfácio por
William Soares dos Santos

Quando acabei de ler o primeiro conto do novo livro de Krishnamurti Góes dos Anjos, *À flor da pele*, tive a nítida impressão de ouvir do canto oposto da sala a voz do maestro Antônio Carlos Jobim me relembrando uma de suas famosas frases: "o Brasil não é para amadores". Parece-me que esta frase, pronunciada pelo fantasma do mestre ou, por razões insondáveis, saídas do meu inconsciente, quer, de alguma forma, me oferecer uma pista do que trata o novo livro de Krishnamurti. Desde o início, ele está nos mostrando que nada no Brasil é como se parece. Logo no seu primeiro texto, uma discussão em meio à resistência de um auto de prisão se transforma em um estopim para uma revolução, mas, alguns meses depois, esta se mostra que não era tão revolucionária assim e um grande movimento que desperdiça almas e recursos, na maioria das vezes, acaba exatamente onde começou, com a mesma ordem hierárquica de sempre, com a mesma elite no poder e com a mesma massa de miseráveis mantendo a máquina girando. Uma de nossas dificuldades é dirigirmos nossas forças para o bem comum. De fato, como o próprio autor escreve, "a ideia de Brasil significava coisas diferentes para pessoas diferentes", e ainda significa.

Começo a "viajar" com os outros textos do livro e, à medida que a minha leitura avança, as narrativas de Krishnamurti me lembram que somos formados por muitos elementos além das revoluções. Nossa história também é um cadinho de crenças que nos atravessam, moldando nossas identidades e dirigindo os nossos destinos. Catolicismos e evangelismos fazem parte de nossa formação e rivalizam em suas grandezas e misérias pela posse do corpo de Cristo e pela alma dos homens.

Solidão, envelhecimento e política são evocados mais fortemente em um dos contos do livro, no qual esses três elementos aparecem amalgamados de modo a contribuir para a desesperança do ser humano. Diante deste cenário, a morte pode aparecer como solução possível à decrepitude do corpo e das relações. Mas nem tudo é tristeza. No conto "O casamento" há uma flor que pode nos lembrar de que a vida pode trazer a felicidade em seu mistério insondável. Algo similar acontece no conto "À flor da pele", em que morte e vida se alternam e da tensão e anseio em encontrarmos o sentido da experiência terrestre, podemos descobrir (sempre desconfiados) que a existência deve até ter algum sentido. É que, muitas vezes precisamos dar tempo ao próprio tempo para que a existência se configure com a sua força.

Os mundos sociais e individuais aparecem amalgamados nos contos de *À flor da pele*. Em meio às situações difíceis as pessoas tentam se conectar e apelam para a solidariedade e para esperança, ainda que o mundo macro da política, da administração e dos serviços essenciais lhes sejam negados. "Nossa sina nesse país é continuar acreditando, embora os fatos sempre neguem as esperanças", assevera um desses personagens atingidos pela necessidade de lutar pela vida.

Já em "Efeito borboleta" temos uma pequena, mas formidável visão de onde nossa cultura de subornos e sonegações cotidianas podem nos levar. Aqui o Brasil de cima e o de baixo se mostram um só, atravessado pelas consequências das mal pensadas escolhas de todos nós.

Mas o livro de Krishnamurti não é só apenas sobre o Brasil. A dificuldade de se encontrar um lugar no mundo comparece nas narrativas entrecruzadas do conto polifônico "Samirah e a Noite dos Longos Punhais", em que múltiplas vozes tentam dar conta da experiência do desterro dos imigrantes que fogem da guerra da Síria para, pouco a pouco, se centrar na experiência de uma de suas sobreviventes na Alemanha de nossos dias. Dentre outros elementos, o conto nos alerta para o fato de que "As correntes que nos prendem são criadas pelas nossas próprias mentes, quando terminamos nos acostumando com gaiolas. E isso é equivalente a perder a capacidade de fazer voar o pensamento".

Fecho o livro de Krishnamurti Góes dos Anjos com a mesma evocação inicial da frase de Tom Jobim, mas agora um pouco alterada. Talvez, a minha lembrança da frase do mestre tenha se completado com a leitura do admirável livro de Krishnamurti e chego à conclusão de que não apenas o Brasil, mas o mundo definitivamente, não é para amadores. A leitura do livro me leva a refletir que precisamos, todos nós, e cada vez mais, buscarmos coletiva e intimamente uma sabedoria universal e que, ao mesmo tempo, fale a cada um de nós para que possamos sobreviver em tempos tão difíceis como o nosso e alcançarmos e expressarmos o melhor de nossas próprias humanidades. Essas mesmas que se fazem tão densa e belamente presentes nas esplêndidas narrativas de *À flor da pele*.

Rio de Janeiro, outono de 2019

© 2020, Krishnamurti Góes dos Anjos

Todos os direitos desta edição reservados à
Laranja Original Editora e Produtora Ltda.

www.laranjaoriginal.com.br

Edição **Filipe Moreau**
Revisão **Bruna Lima**
Projeto gráfico **Arquivo · Hannah Uesugi e Pedro Botton**
Produção executiva **Gabriel Mayor**
Foto do autor **George Luís Cruz Silva**

Dados Internacionais de Catalogação na Publicação (CIP)
(Câmara Brasileira do Livro, SP, Brasil)

Anjos, Krishnamurti Góes dos

À flor da pele / Krishnamurti Góes dos Anjos. —
1. ed. — São Paulo: Laranja Original, 2020.

ISBN 978-65-86042-00-9

1. Contos brasileiros   I. Título.

20-33610   CDD-B869.3

Índices para catálogo sistemático:
  1. Contos: Literatura brasileira B869.3

Maria Alice Ferreira - Bibliotecária - CRB 8/7964

COLEÇÃO **PROSA DE COR**

Flores de beira de estrada
Marcelo Soriano

A passagem invisível
Chico Lopes

Sete relatos enredados na cidade do Recife
José Alfredo Santos Abrão

Aboio — Oito contos e uma novela
João Meirelles Filho

À flor da pele
Krishnamurti Góes dos Anjos

Fonte **Tiempos**
Papel **Pólen Bold 90 g/m²**
Impressão **Forma Certa**
Tiragem **250**